U0057496

AQUARIUS

AQUARIUS

AQUARIUS

AQUARIUS

每個人心中都有一座島嶼，

藉文字呼息而靜謐，

Island，我們心靈的岸。

那一夜，莫札特的門有人在敲

瓦力｜著

推薦・快板——

音樂，讓我們在一起

消弭音樂類型的邊界，跟隨著瓦力親近生動的文字，引領我們走進一段段的短篇故事中。同時透過文中所提及的曲律與音樂家再次相遇，召喚出記憶深處原本以為被遺忘的、與生命相連而銘刻的那些。在且近亦遠之際，我們都用著自身獨有的方式擁抱音樂。

——**王榆鈞**（音樂創作人）

翻翻這本書吧。你會遇到曾經狂愛的那張唱片、那首歌，甚至遇到夢中那套音響、青春期流連的那間唱片行。不過，讓這些小故事泛起微光的，始終是溫暖的人情。

——**馬世芳**（廣播人．作家）

不只是喜歡說故事的黑膠迷瓦力

每次翻開書架上日本作家星新一（Hoshi Shinichi）的《器子小姐》我都會想起瓦力，同樣是說故事的人，但瓦力的故事總離不開音樂與黑膠，他善於在奇想中解放他人與自己的私密，以得體又留些情面的方式；對了，是瓦力讓我明白什麼叫「故事即力量」，當這種力量大到可以挽救一場票房告急的音樂會，瓦力的故事讓自己成為傳說。

——**黃裕昌**（南方音響掌門人）

我相信聲音餵養了瓦力非常強大的電波，銳利了他的感性與記憶，才能悠遊在古靈精怪的音樂世界中，偶而探出頭來告訴你每張專輯都有前菜，精華通常在第三首之後……也不忘透過一首適合飄蕩在夜空裡的 Ground Control to Major Tom 喚醒你對電影的美好記憶。你愛做白日夢，你是冒險王，你才會懂我在說什麼，瓦力是任性的，但是頻率相同的知音，讀著他的文字，一定會先微笑，然後對你傻笑眨個眼。

——**藍祖蔚**（國家電影及視聽文化中心董事長）

曾經，音樂是神聖的。據說馬勒臨終前一天，威尼斯的報紙甚至報導了他的體溫介在三十七和三十八度之間；那時人們遙望音樂家，他們的才能使人們等量地（或過量地）愛屋及烏，試圖從他們的生命看穿藝術被創造瞬間的神祕。一百多年過去，如今比起聽音樂，人們常常只是聽見音樂。收聽科技的普及使音樂加速成為一種生活的背景，從一座座地標變成一種基礎建設。但更神祕的事情發生了——音樂持續在每一個人的生命中製造轉折。我們曾以為只有巴黎聖母院可以救贖自己，沒想到隨處一間街角的超商也擁有某種力量。我總覺得，這就是瓦力在做的事。在音樂離我們近到彷彿消失的此刻，提醒我們靠近不等於不偉大。提醒我們音樂還在，在我們因為聽一首歌而體溫改變的瞬間。

——**蕭詒徽**（寫作者・編輯）

目錄

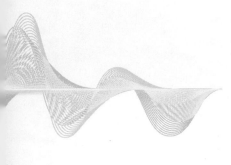

那一夜，莫札特的門有人在敲

Verse ——

B面第一首

目錄

Chorus —— 轉錄心跳聲給你

Interlude——還在寂寞地彈

目錄

那一夜，莫札特的門有人在敲

・Outro・

＊原文發表於 MUSICO 音樂圈。

Intro ——

聲音從沒這麼 hi-fi 過

有些拉麵店煮麵真是很用心，現點現做，準備的時間較久，店主人很不好意思地說，要請您稍等一下，然後隨手附贈一盤毛豆和溫熱的麥茶，恭敬地作揖後離開。

生命中常常是這樣，是那盤看似不重要的毛豆和麥茶，填補了時間的縫隙，昇華了必須等待的寂寞，然後主菜上桌，嘩啦，你才吃出那等待的味道。

毛豆自此有了新的意義。

飯菜如此，音樂如此。最好的曲目常在專輯第三首之後。作為暖場的前幾首卻也不見得不好，有時更是刻骨銘心。

毛豆不只是暖場，序曲也很可能就是主角。

並非不懂愛；並非最後和你白頭偕老的人，才是愛情最後的歸宿。不都常常聽過人們這麼說嗎？他是對的人，卻總在錯誤的時間出現，而不那麼情投意合的，往往在秋季掉葉時，陪我們一起越冬。

你是毛豆，我是麥茶，無人聞問，無人拍手，卻注定在此刻相遇。

初戀，一如青春的魅影，也總在心頭揮之不去了。

猜心

有一個朋友馬克，逛唱片行總是會把喜歡的唱片偷藏起來。

和我不一樣，如果逛唱片行，看到非常喜歡的音樂家唱片被擺放在角落，冷冷地瑟縮在一旁，我一定會很不要臉地把唱片放在最醒目的位置。這樣說起來對店員也滿不好意思的，徒增人家存貨清點的困難，可是一想到心愛的音樂家被放在那麼不起眼的地方，做壞事也就理直氣壯許多了。

可是馬克不一樣。他逛唱片行，總是把喜歡的專輯偷偷藏起來。

我想破頭也想不出理由。最多是臨時帶不夠錢出的爛招吧，誰沒有過那種一次買不完，下次來再買的願望清單呢？因為害怕被別人捷足先登，所以事先像花栗鼠把好吃的橡果子偷偷藏起來，不讓人發現，等到四下無人，才笑開懷地進攻屬於自己的戰利品。

馬克沒有那麼無恥。

原來馬克和他的太太都是音樂家。馬克喜歡爵士，太太專攻古典。每次逛唱片行，他們都要考驗彼此的記憶力。馬克會走到太太的古典區，抽出一張，而太太也會如法炮製，抽出一張爵士唱片，藏在唱片櫃的某一個角落。

那你一定會問，他們怎麼知道彼此藏了哪一張呢？

我覺得這就是這個故事最可愛的地方。泰半的時候，兩人猜不透到底對方藏了哪一張，要等到很久很久的後來某一天，馬克突然在餐廳吃義大利麵的時候，眼神放出光芒，透露出異樣的神情，感覺就好像突然被行星撞了一下。

只是稍縱即逝的情感乍現而已，在那樣幾乎可稱為魔幻的時刻，你若接收到了你就懂了，什麼也不必多說。

而結局總這樣，隔天回家的飯桌上，總是多了這麼一張剛買的唱片。那是好久好久以前的一次猜心遊戲，然而她並沒有忘記。
掛念在唱片行多年的謎底未果，今夜她用愛為你解答。

Dance Me to the End of Love

一對夫妻結婚好幾年，到處求子無方，什麼藥也吃了，針也打了，太太的肚子依舊毫無動靜。又過了幾年，這對夫妻實在太焦慮了，悶出一身病來，最後只好求助精神科醫師。

神奇的是，每次到精神科醫師那，也沒有特別做什麼，就只是和醫生分享生活的大小事，走出診間，也不用服什麼藥，心情總是很愉快。只是好心情沒能持續太久，回家後不知哪根筋不對勁，或是哪顆螺絲沒有旋緊，心裡又犯毛病了，成天直嚷著我好不快樂。

這天，夫妻倆又到診間報到。出乎意料地，他們走出診間後，心情還是很差。老公問，「妳有沒有覺得醫生今天怪怪的？」老婆說，「好像有。」他們瞎猜了老半天，也說不出來醫生今天哪裡怪。

他們就這樣一路開車回家。心裡充滿狐疑，有種今天錢又浪費了的憤恨感。

快到家時，老婆突然說，「啊，我知道了。今天診間乾乾的。」

「什麼乾乾的？」老公更不解了。

「就空氣乾乾的。死死的，沒有生氣的感覺。我想了又想，才發現醫生今天沒有放音樂。」

「喔！對！是音樂！」老公好像頓悟了什麼。

這對夫妻結婚好幾年，家裡沒有任何一張唱片。因為小夫妻成家不容易，他們買的台北舊公寓隔音非常差。剛入住的第一天，小夫妻難掩興奮之情，在床上交談磨蹭的聲音，高傳真地穿過有如紙糊的門板，傳到了好事的鄰居耳中。

這就是為什麼他們總是生活得小心翼翼，害怕祕密和春天太快成為鄉里放送頭的閒談。這也是他們家，連一張唱片都沒有的原因。

沒有音樂的人生，是錯誤的人生。尼采說。

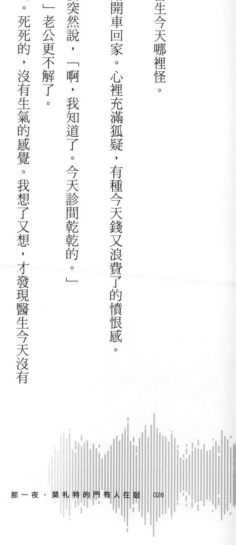

那晚，他們不在家。他們到一個可以盡情放音樂的地方。不是旅館，是他們初定情的海邊，那裡無人知曉，連寂寞的星光都是自己的。

他用手機的 YouTube，放一整晚老掉牙的歌，跳一整晚老派的舞。老派的浪漫，老派的溫柔。老派的李奧納・柯恩。

他在音樂聲中，凝望著她的眼眸。在那一刻上，他們終於是一體的，再也不分彼此。直到九個月後的另一陣小孩啼哭，再度把他們隔開。

公主徹夜未眠

我家樓上的小孩每天都在上演追趕跑跳碰。三年了，顧爾德的《郭德堡》並沒有治療我的失眠。

前些日子好不容易安靜了下來。我滿懷感激，原來《4'33》如此偉大。

在電梯裡再次遇見他們時，一切都不一樣了。

擁擠的電梯變得更擁擠。四人變五人。我們之間，容不下一顆細沙，但也容不下一個新的孩子啊！

電梯一陣沉默，夫妻倆的黑眼圈已道盡了一切。

也許我該把《郭德堡》送給他們。

他們比我更需要好好睡覺。

甜蜜生活

事情剛開始時總這樣老這樣：她在週二早上會議最後一個進來，找不到位子只好坐在他旁邊。下午大夥說要訂50嵐時，他知道自己又要被再一次錯過（大家以為他只喝自己帶的，顏色看起來很可疑，裝在太和工房裡的能量飲），但她竟然順口說，「買五送一耶，多的一杯沒人要喝，那你要不要？」

他回家的路上都在想，那杯多出來的50嵐是什麼意思。

可能沒有什麼意思。既然是多出來的，就像餐桌上最後一塊披薩，大家都想拿卻都不好意思拿，最後就放在那邊臭掉了。

既然不拿會臭掉爛掉，那就給你吧。言下之意是否也是在說，你也是會臭掉的喔。或者，你不要想太多，你只是一個「工具人」，適合在這種大家明明知道卻一聲不吭時，成為一個解決僵局的人。一顆毫不起眼的螺絲。

晚上睡覺時，他發現自己比平常難以入眠。

她為什麼要在最後一刻才進會議室呢？明知他在辦公室早就被邊緣很久了，每次開會前就像有摩西分紅海的奇蹟發生。海的一邊是他們，他在這一邊就要滅頂，再怎樣用力哭喊也不會有人聽見。

她究竟是聽到他內心的那些爆炸了嗎？否則她怎麼可能在眾目睽睽之下，拉開了他身旁那張椅子，不疑有他就坐下了呢？

她知道嗎？整場會議他都在恍神。他的心靈不斷地出走於這個氣氛非常低迷的週二早上會議室。他彷彿感到了一種不可能的幸福。

這就是他今晚不可能睡著的原因。為了延續這幸福的錯覺，他捨不得把那杯多出來的50嵐綠茶很快喝掉。事實上，他到此刻，約莫是午夜一刻還在吸吮著這剩餘不到半杯的欣快感。猶如童話裡那個賣火柴的小女孩，在火柴熄滅前，還有幾秒鐘，沒有恐懼和蝕人的寂寞，只有巨大的希望和想念。

只是一杯綠茶而已。他想。

只是一個隨手就坐的位子而已。他在不眠的夜告訴自己要冷靜。

隔天一早，他搭了第一班捷運去上班。

雖然一夜未眠，他仍感到精神抖擻。

一定是50嵐綠茶的緣故。

他在還沒人來的辦公室扭開收音機，空中正傳來前幾天金曲獎的得獎名單。然後，主持人播了魏如萱的歌曲。

他從來沒聽過她的歌。事實上，他已經很久沒聽任何音樂了。

他發現魏如萱和她的聲音如此相像，當她故作瀟灑，不透露太多情感地說「綠茶有多一杯喔那你要不要」，就好像她在唱歌給他聽一樣。在這無人知曉的週三清晨裡。

他快樂地手舞足蹈了起來，扯開喉嚨，大膽地放歌，沒有發現保全透過監視器，目睹了一切。

華麗的冒險

以前不知道在哪部電影或哪本小說看過這個情節，一個男人不斷地打到一個電話號碼，雖然他明知電話那頭根本沒人。他之所以不斷打到這支電話是因為他知道，再過幾秒鐘，電話後頭就會切成：「嗨，我是徐心萍，現在不在家，請你留下訊息，我會盡快和你聯絡。」

無疑地，這個男人有病。他太思念這個聲音，可惜說話的對象早已不在人間。唯一確認自己的思念不是空無回音的方式就是，不斷提取這份過往的記憶，告訴自己，她是真的，雖然她消失了，但我對她的愛還在這裡，沒有離開……

那些我們為愛做的傻事，為愛犯的罪，真的都是有病嗎？如果這是有病，恐怕無感而生冷的健康也不是多麼吸引人的東西。

在國外，據說有一個老太太天天搭某班火車，看著沿岸的河，車行了百公里之後，又繞回最初的點。明知道她做的事很瘋狂，她的兒子卻放任母親，沒有一聲斥責。

原來，老太太的先生是這班火車的播報員，數十年如一日，他的聲音總在乘客抵達目的地之前，預先替他們發生（聲）了一個個美好的未來。

「各位旅客，您即將抵達中央公園，今日天氣很好，適合在草地上野餐和戀愛喔。」

「各位旅客，您即將抵達雙子星大樓，別忘了隨身攜帶的東西喔。」

「各位旅客，您即將前往長灘，今天有什麼還沒實現的呢？」

幾年前老先生過世了，如今的她，雖然兒孫膝下承歡，心中卻有很大很深的傷口難以撫平。直到她又坐上了那班列車，車上留下了老伴到站前的廣播。每天的火車路線都一樣，每天的廣播她都聽不膩，因為她知道，當火車回到起始的終點時，記憶裡的愛，也會再一次回到初相遇的地方。

A Case of You

也不是沒有過這種尷尬的時刻。約了重要的人見面，特地提早出門，到了赴約的咖啡館前面，發現還有四十五分鐘，那人才會到來。

而你剛好知道附近有間很棒的唱片行，走過去只要五分鐘，回來又五分鐘。換句話說，你大概可以有三十分鐘能泡在那裡，等那個重要的人，赴那場重要的約，喝那杯重要的茶。

如果是你，你會去嗎？

可有可無的三十分鐘，稍縱即逝的三十分鐘。其實就坐在餐廳裡，好整以暇地拿起一本辛波絲卡的詩集來讀，也勝過在烈日下來回奔波。你總不想要對方在看見你之前，遠遠地就先聞到你的味道吧？

然後一切就鳥了。

我是說，每次都不怕死，每次都要好好利用那多出來的零碎時間，為自己的心靈灌下雞湯。結果就是唱片行真好逛，音樂真好聽，老闆真好聊，你樂不思蜀，忘了時間為何物，而有人此刻正在那頭憤恨地等著你。

你能怎麼辦？千解釋萬解釋，告訴那個重要的人，其實你很看重這次約會，甚至還提早來了快一個小時。你只是到隔壁，彷若只是借個菸借個醬油，很快你就回來，沒想到等你發現唱片行的黑膠已唱到最後一軌，發出嗶啵的聲音，一切光景已恍如隔世。說好的三十分鐘，早就超過一個小時。

你只是讓自己顯得很不負責任。「原來是個不可靠的傢伙啊。」他們在心裡的死亡筆記本，愉快地為你畫了個叉。

是工作面試，肯定丟了工作。

是愛情約會，保證青春小鳥一去不復返。

還好，這次你約的是地下 live house 的獨立樂團鼓手。雖然從來只是臉友，沒有真的見過。

遲了半個小時的你，什麼都不必解釋。

連道歉都顯得多餘。

定睛一看，這才發現，原來剛剛在唱片行和你聽完 Joni Mitchell〈A Case of You〉的，就是眼前這個人。

英雄所見略同，他也是來這裡殺時間的。

無肉令人瘦

下了幾週濕涼的雨，這兩天天氣又熱了起來。

每年我最討厭天氣由濕轉熱的那幾天。那代表盛夏就要來臨，那代表日子只會愈來愈熱。每一天，氣溫都在高升，而你除了渴望救贖，什麼也做不了。

這就是為什麼這幾天我特別沮喪。

原本賴以維生的甘霖之泉，我的全套 ALTEC 古董真空管音響，開起來就像座小火山一樣。音樂很好聽沒錯，可是愈聽愈熱，愈聽愈心煩。去開冷氣？全A類的擴大機已然耗電不環保，叫我再去為地球搬座索倫的末日火山，真是於心有愧。

每年到這個時候，我會到松霖的家。所謂「無肉令人瘦，無竹令人俗」，松霖家有肉又有絲竹之樂，且位在最清幽的山腳別墅裡，簡直夢幻。而且最重要的，他用全套百萬級晶體機，一點都不熱。播放 Bob Marley 的〈No Woman, No Cry〉，雖然我不是女生，可真的通體舒暢，靈魂都快掉下眼淚來。

今晚我去松霖家，眼淚真的掉了下來：他把整套貴參參的音響全賣了，換了和我差不多、熱得要死的西電 WE 真空管系統。

我不解地問松霖，何以沒事找事，要在酷熱之暑裡，感受鐵板燒的滋味？

「因為我不想你來。」松霖悠悠地說。

我覺得想哭。

「每次你來，你都賴著不肯走。我是不介意啦。可是你老婆都偷偷打給我耶。說我不夠義氣，是哥兒們也不該讓他忘掉家裡的溫柔啊。我覺得不好意思。我不想你待過夜。熱熱地聽，你大概受不了，一會兒就走。」

我沒走。西電的魅力如此醉人，再熱的天氣，我都撐了下來。

隔天早上，松霖不見了。

桌上留下一張紙條，上面寫著：「那西電管子是假的，哈哈，虧你自以為是古董老玩家，也聽不出來。」

我汗如雨下，感到無地自容。

從此我不敢在夏天去找松霖了。我只得回家。

奇怪的是，從那晚起，老婆的溫柔比西電 300B 還發燒。

「老公……你來不來？」她嬌嗔了一下。聲音從來沒這麼 hi-fi 過。

這才發現，世上最美的樂器是肉聲。

版本狂

她在早上聽巴哈。晚上聽蕭邦。
閒散無事的下午補眠，或喝茶配司康佐布拉姆斯。
後來她遇到一個馬勒版本狂。
第一次約會她原本想直接 diss 他的，直到他用手機讓她聽了《第五號交響曲》的稍慢版樂章。
他沒料想到的是，她會愛馬勒愛得比他更痴狂，以至於多年後分手，他放在她家的三千多張馬勒，一張都要不回來。

遠離辦公室

是什麼時候開始人手一杯咖啡的？記得小時候，喝咖啡不是一件流行的事。沒錯，你會聽到約會去咖啡廳，談公事去咖啡廳，但那大抵是有個明顯的目標。如今陽光正好的早上，有人在家手沖黃金曼特寧，有人等超商咖啡趕公車，咖啡已成為日常生活之必需了。

但如果只喝咖啡，不吃早餐，那會發生什麼事？

有一個同事 Sandy，真的很少吃早餐，只喝咖啡。不刮胃嗎？當然刮胃，所以她喝拿鐵。加牛奶的拿鐵。除此之外，頂多配根香蕉或蘋果。

Sandy 總是第一個進辦公室。那裡傳來莫札特的《豎笛協奏曲》，因為電影《遠離非洲》而聲名大噪。Sandy 在無人知曉的清晨裡聽著莫札特，感覺自己其實遠離的不是非洲，是此刻的辦公室。

有一天早上，垃圾桶找不到香蕉皮，辦公室也沒有早晨的古典樂。老闆不喜歡員工上班放音樂，那個嚴肅的人，連放鬆的音樂都覺得能夠影響工作效率。

Sandy 那天請假沒來。空氣變得好沉悶。

第二天如此。

第三天如此。

一個禮拜，Sandy 都沒來。

我開始想念 Sandy 的香蕉和咖啡，還有我始終聽不太懂的莫札特。

Sandy 病了嗎？我很想知道，但我連電話都不好意思打。每天早上吃得那麼少，總有一天會鬧出病來。有時我會把早上沒吃完的丹丹漢堡麵線羹留給她，反正有雙主餐，我吃燒肉堡加蛋就好。

但她卻說沒關係。她連說沒關係的樣子，都那樣弱不禁風，那樣惹人心憐。

今早我請假，到街上亂晃。信步所至，我晃進了一間咖啡館。
我不敢相信自己的眼睛。
Sandy 就在那裡。
她跳槽了。那裡有咖啡，也有莫札特。
在如此音樂聲悠揚的地方，再也沒有人會想「安靜離職」了。

B面第一首

Verse

我對美國公路電影總抱持極端無可救藥、老派的浪漫情懷。就好像李維菁說過的：「我們要散步，要走很長很長的路。約莫半個台北長，約莫九十三個紅綠燈那麼久。」但在美國公路電影，卻是不牽手地一路在州際公路開下去。看長夜星空流轉，看四周視野寂寥荒涼，但那一點也沒有關係的。因為你把車上的廣播天線拉得長長的，就這麼漫無目的，一路地聽下去。把車窗關上，讓偶然、不可能事先知道的音樂貫穿你全身。那常常是最致命也最溫柔的一擊。

漫長的公路電影裡有漫長的告別，主角開著開著就不可抑制地哭了起來。哭什麼呢？其實觀眾並不知道。但那原因從來也不重要。因為說到底，關於寂寞和邊界上獨行的人生滋味，其實我們都嚐過。

地球呼叫湯姆少校

有些人的生命是用大事記方式的表格來銘刻的。有些人則是數著抽菸和喝咖啡的日子來記憶。我的方式很簡單。我用音樂歌唱的方式來敘說我這個人的殘破與救贖。

一九八四年十二月三十一日，我出生了。在我還沒有記憶的時候，只有羊水和黏糊糊的體液快感，根據我父母親的說法，我已經受到第一份牢不可破、有光竄出那樣神聖的洗禮。這份洗禮是貝多芬的《快樂頌》，更精確的說法，是福特．萬格勒指揮的絕世銘盤。

為了歡慶一九八四整年平安度過，世界還沒有毀滅，老大哥沒有如喬治．歐威爾預言般正在監控你，老爸竟就在嬰兒房內拿起愛華的卡帶播放機，放入這首四海一家，跨過任何標籤藩籬的自由之歌。

照理說，出生時就能聽到福特．萬格勒，除了自己的哭聲外，還能接受偉大的心靈陶冶，人生應該相當順遂才是。然而故事似乎總是要帶些悲劇的色彩才賣座，那些人生勝利組的故事太美太虛幻，與我們這些墮入凡間的仙子格格不入。我的故事從出生那天開始就不是快樂的童話。

一九八四年十二月三十一日的晚上，透過老爸的愛華卡帶機播放貝多芬《第九號交響曲》，我的心靈已在潛意識告訴自己：「我是自由的。」但我的身體從來沒有自由過。

一九八八年的八月六日，我剛上中班才幾天，學校老師已經在教唱〈哥哥爸爸真偉大〉，他們在不經意間，複印著霸權下的性別期待。

懵懵懂懂的我，不懂歌曲的意涵，卻已經對這歌曲反感。老師不斷指正我帶動唱時的姿勢，特別是那句「當兵笑哈哈」時，老師說我怎麼皺著眉頭，身體很緊繃呢？我當然笑不出來，因為我一直在看旁邊的小偉，他今天又頑皮了，被罰站在圈外不准動。我多麼心疼他，想跟他玩啊。

一九九五年，有大半的時間，我在耳機和林強的〈向前走〉中度過。主打歌〈向前走〉當然好聽，但是出外打拚，異鄉圓夢的故事還打動不了一個尚在溫室中的男孩。男孩沒有肌肉，缺乏體能訓練的身體裡，每每期待聽到的是B面第一首〈黑輪伯仔〉，因為夏日的午後，學校小巷裡總有一個賣黑輪賣香腸，也賣彈珠汽水的攤販準時出現。

他不是什麼年入古稀的伯仔，而是三十來歲的精壯男子。謠傳他十幾歲就結婚了，那幾個經常圍繞在餐車旁的女孩應該就是他親生的小孩，但她們的媽媽從不見人影，日子清苦難以為繼，必須出外工作養家。

但不管怎樣，聽著林強〈向前走〉的男孩，眼睛從沒正眼瞧過那些可愛的女孩，也就從未發現她們眼裡渴求他頭上看來酷炫的耳機。男孩看的從來就是這個站在他面前活生生的黑輪「伯」仔，看著陽光從他大量發汗的白色吊嘎竄流下來，那古銅色的神祕肌膚裡，透露著青春和食物絞肉蒸騰的味道。

男孩有些作嘔，他感覺他聞到自己無法掩飾的味道，一直在喉間哽不下去。日子久了，哽不下去的異味成了青春自噬其身的尷尬癌，他們管它叫喉結。我覺得叫「吼劫」，一種想要大喊卻喊不出來的年少劫，像孟克畫筆下那個變形的人，發出一個悶聲的呼喊。他喊了，世界無言以對，存在的荒謬卻無限蔓延。

一九九九年五月八號，接近高中聯考的日子，我鎮日播放著大衛·鮑伊的〈Space Oddity〉，感覺自身如同湯姆少校被流放到外太空那樣地陌生，卻又在那樣荒涼的宇宙星辰間，獲得一種前所未有的親密和自由。

父親的愛華卡帶機早就升級成全自動、可任意選曲的新世紀雷射唱碟播放機。他的音樂品味仍是那樣堅不可摧的菁英式主義。那時父與子已經不太講話了，如果你發現兒子的模擬考成績一點也不如他出生時播放的卡帶讓你快樂，特別是他牆上專貼一些不男不女，看了傷眼的裸露海報，沉默將會是你唯一的情感表達。

●

大學聯考八科中，我只有英文算好的，因為我總在英文歌詞裡尋找外語字句發出的幽光。就好像是柏拉圖說過的：「原始人類住在洞穴，為了驅趕野獸，他們有了光。但那還不夠，他們得比賽接力說故事，才能斥走這毫無希望的長夜漫漫。」聽歌認字成了我找到生命洞穴的入口。

離聯考愈近的日子，我愈需要遁入這些有光的小洞裡，自己說故事給自己聽。有一天，我回家發現湯姆少校永遠地迷失在浩廣的銀河之中：那些海報全被撕下，取而代之的是一片荒蕪的白牆。

二〇〇二年九月二十三日，我終於得以北上就學，逃離那個具有良好品味與政治正確的「痂」。在自強號的滾動聲中，我不停播放著巴布・狄倫的〈Like a Rolling Stone〉，望著車上潮來潮往的人群，在每一個若有幻無的借過與碰觸間，尋找陌生人的安慰。

就這樣，我沉淪了。像一顆滾動的石頭，我卡在人生不斷「崩」馳向前的離心速度，在所有對我張開雙手與胯間的男人裡，痛並快樂著。我好像就要看見彩虹，但那屬於老爸出場樂的變調貝多芬《快樂頌》詭異如《發條橘子》的魔幻混音版，總在耳邊響起，不斷提醒我：四海一家啊，我的兄弟們，我願捨身為你，與你共泣。但為何我什麼都給了，還是這麼寂寞？

二〇一〇年三月五號，我到了一家名叫「只有」的咖啡館，和蔚州分手。那是一間只播藍調和靈魂樂的邊緣人咖啡館。這些年來，我只聽和父親相反品味的撒旦式搖滾樂，好像就是要從這些粗礫不和諧的怒聲中，震破他那固若金湯的貝多芬堡壘。就在分手的那天，我第一次聽見黑膠的聲音。

我從未想過，藍調的底蘊竟比搖滾更為狂飆，那是來自生命與世界打磨的聲音。如同脆弱的針尖拚了命去拾取音溝裡的細微音訊，你總得與塵塵垢垢的現狀不斷拉扯，才能唱出生命所有的苦楚與痛快。

我向前一瞧，發現播放的曲子竟就叫做〈My Man's Gone Now〉，歌手叫 Nina Simone。那天下午的咖啡只有苦澀，那是我最後一次看見蔚州。蔚州說他不能再這樣下去了，他需要一個正常的家，正常的生活，正常的婚姻關係。我說，「那是你需要的，那你想要的是什麼呢？」

蔚州在我面前崩潰了。

此時 Nina Simone 以近乎哭腔的方式燃燒著離別的愁苦，她的聲音隱約又化成一首祈禱之詩，那就像是一隻羽毛受損的小鳥高飛的樣子。飛得愈高，掉落的羽毛愈多，卻不得不飛，因為身為鳥兒，你是不能不飛的啊。而既然是黑膠，也就不能停止轉動。如同我不能改變我自己存在的方式，如同 Nina Simone 必須那樣用全身的力量來歌頌生命，我就是我所感知的這一切。

二〇一〇年三月五號，我在「只有」咖啡館終於失去了蔚州，卻意外得到這片《Nina Simone Sings the Blues》黑膠。我根本沒有唱盤，也不確定怎麼播放，但心裡頭硬是有個聲音告訴我，無論多少代價，都要帶走這片黑膠。

其實我根本不想再聽這樣唱到心靈深處的哀歌。有些事，心只能破一次。我想帶走的無非是和蔚州最後一次見面的場景，無論多苦，我都好想再次重溫那走味的咖啡。

等我再次想起這張黑膠，已是好幾年後的事，中間的事不提也罷。我過著行屍走肉、沒有音樂的日子。很長的時間，我沒有刮過一次鬍子，空的酒瓶疊滿了房間。突然它們再也承受不住地心引力的召喚，從最高處滾了下來，然後滾到了 Nina Simone 的藍調唱片旁邊。

一瞬間，心中湧起千百回憶。想起那天下午在「只有」咖啡館，蔚州崩潰，不成人樣，我的心又頻頻揪了起來。啊，原來我還能心痛啊。My Man Is Gone Now，其實我生命中離開的男人，哪裡只有蔚州而已？

爸爸早就不跟我說話了。爸爸的雷射唱碟播放機早就壞掉，磁頭早就沒有備品，失去的親情週末也難補回。

聽媽媽偷偷跟我說（我當然還是會跟媽媽保持聯繫，否則這幾年來的流浪，我找誰療傷？），爸爸竟然回頭聽起比卡帶更古老的黑膠，家裡天天上演著貝多芬的現場重播。媽媽說，那是爸爸還惦念我的方式，如同我出生時，父子倆以《快樂頌》相遇，爸爸不說，但爸爸總在心裡留盞燈給未歸的人。

二〇一八年十一月二十日，沒有唱盤的我寄出《Nina Simone Sings the Blues》給重新聽黑膠的父親。我不知道我在期待什麼，老爸會知道我一路走來，跌跌撞撞的血和淚嗎？那些夜裡的獸在叫也在哭，老爸敢放膽去聽嗎？

前天我收到了一張來自高雄，以七彩的繽紛禮品紙包好的物件，還不知道裡面是什麼，我先瞥到上面的一句話：

「地球呼叫湯姆少校。地球呼叫湯姆少校。你還在宇宙星辰間流浪嗎？回地球吧。這裡有人很想你。」

我出生的那一天，父親播放《快樂頌》。今夜高雄寒流據說是二十年來最冷的一次，但我不怕，我正在回家的路上。

如今，在老家門口再次聽見以黑膠播放出的貝多芬《第九號交響曲》，我終於才知道，「快樂頌」原來不是這首交響曲的名字。

它的名字叫《合唱》，父與子的合唱。男人與男人之間的合唱。其實，也是人與人之間的超越偏見，震破隔離的牽手大合唱。

如果在大夜，一個計程車司機

林大業有個不為人知的心願，他比任何人都想到國家音樂廳欣賞音樂。

林大業幾乎是一開始就注定和大業無緣。國中畢業後，為了維持家計，做過粗工臨時工、超商店員、旅館保全，甚至跑過三年遠洋漁船，日子很苦他卻沒有抱怨。生活不讓他有抱怨的餘地。

儘管林大業如此賣力工作，早出晚歸，不辭辛勞，林家還是過著入不敷出的生活。

某晚，回家的路上，一個念頭閃過他的腦袋：「大業啊大業，家裡這麼窮，你應該連大夜都去找事做。」

就這樣，大業成了名副其實的大夜，是廣大夜勤族的城市遊俠。

他決定在晚上開計程車。

白天已經工作那麼長了，晚上還要開車，說真的有時累得好想放棄。精神很不好的時候，咖啡一罐一罐地打開，如果可以，他想要直接灌進腦袋，好讓自己能夠清醒些。

當然廣播也有幫上一些忙。要不是電台的那些西洋熱門音樂，林大業肯定沒法支持下去的。不過也有那種很麻煩的時候，「司機先生我不想聽這個，你可以關掉嗎？」林大業沒有拒絕的權利。

但這晚很不同。林大業沒有被要求關掉廣播。上車的客人要求大業轉到另一個全然陌生的頻道，那裡放送著寂寞的樂符。

林大業從來沒有聽過這樣的音樂。鋼琴石破天驚，整個樂團白熱化地顫動了起來。

那是柴可夫斯基的《第一號鋼琴協奏曲》。

冬風在車窗上敲打，林大業一點也沒有感到寒意。柴可夫斯基像雪地裡的營火，也像暗夜洞穴裡生發的光，雖然曲子沒有半句可供辨識的語言，林大業覺得這樣的音樂，撫慰了他疲憊的靈魂。

從那晚開始，林大業的廣播就從熱門的西洋音樂，變成靜水流深的古典音樂。他喜歡巴哈。六首無伴奏大提琴組曲，踏著人生悲歡離合的舞步。

●

有時候林大業提早上工，會載到剛從國家音樂廳出來的人們。

「今晚的演出好棒啊！」

「這個享譽歐洲的樂團果真不是蓋的！」

他總是從他們幸福的臉上，猜想今晚音樂廳上發生的奇蹟。

就這樣過了好多年，林大業的耳力變得愈來愈好。因為沒有餘錢可以買票進音樂廳，他不放過任何一個機會，打開廣播，在每個夜裡和世間最偉大的心靈相遇。

然後有一天，廣播主持人說，今晚來 call-in，我要贈票。

「是要猜出曲目嗎？」大業心想。雖然耳力變好，但他沒有把握能夠準確猜出那些必定很難的曲子。

「Call-in進來，告訴我你有什麼非去這場音樂會不可的理由，你就可以得到國家音樂廳週六晚上的頭等座位。」

電台忙線中。林大業打不進去。

幸運打進去的聽眾，都迅速地被主持人否決了。他們的理由不外乎我很喜歡這位鋼琴家啦，這個曲目太經典了不聽不行之類的。

「喂喂喂……」林大業聽到從車上喇叭傳出自己的聲音時，嚇了一跳。

林大業不敢相信，自己在空中和自己相遇。

林大業腦袋一片空白。

萬念俱灰的時候，他突然想起多年前，那個頭次聽見柴可夫斯基《第一號鋼琴協奏曲》的夜晚。他告訴主持人，音樂洞穿了世間所有的寂寞，理解了他整個存在。

他整個身體都在發燙。

他找到了那個非去不可的理由。

●

林大業有個不為人知的心願，他比任何人都想到國家音樂廳聽音樂。

週六的晚上一如往常，他仍舊無法進場聽音樂。

他並沒有贏得那場 call-in。

廣播主持人恰好是這場音樂會指揮的最好朋友。就在那天 call-in 過後，主持人告訴指揮一個特別聽眾的故事。

他告訴指揮，他如何夜夜守在廣播前，在城市裡為人們的生命擺渡。沒沒無名的司機，喜歡柴可夫斯基的司機。

不過這些林大業當然都不會知道。

如同每個週末有大型演出的晚上，他只能從乘客幸福的臉上，讀出剛剛瞬間在廳內綻放的魔法。

不過今天有什麼不一樣。

「今天的演出太棒了。」女乘客說。

「安可曲也很棒，不過我不知道是什麼曲子。」男乘客回答。

「指揮有說，但我聽不清楚。距離太遠了。」

「我想起來了……」

「是什麼呢？」

「獻給大夜的歌。」

星空下的布拉姆斯

我在大學和一個體育系學生曾經同住過兩年。這個體育系學生叫李強尼，身材非常壯碩，走在校園，很難不引人注意。我有時會故意跟他一起走，說服自己那些眼光都是向我投射而來。有一次大家真的都朝著我死命地看，沒想到只是我褲子後頭破了一個洞。

李強尼雖然人高體格好，說要迷倒多少人就有多少人，但他喜歡的女生偏偏不吃這一套。

李強尼很喜歡莫娜，說實在的，以他的長相和體格，丟起球來的英姿，要當個「愛情少尉」追求誰誰誰，肯定都像李宗盛唱的，不用排隊。壞就壞在他偏偏喜歡音樂系的系花莫娜，而他連五線譜都看不懂！

李強尼要能獲得美人芳心歸，除了音樂會不能睡著外，他對古典樂可也得有最起碼的認識和興趣才行。否則縱使這兩人有機會在咖啡館相遇，假想李強尼開口搭訕說：「今天天氣真好，這裡的咖啡真好喝，天花板喇叭傳來的小提琴也真好聽，不是嗎？」不知道是專輯裡的馬友友臉會先垮掉，還是莫娜會先跑掉？

但李強尼有過人的意志，發誓「這輩子的女人」非莫娜不可。為了惡補他極為貧血的古典樂知識，他每天都請我一大杯珍奶，逢週末我不回家留宿時，還會自動奉上酥炸得非常邪惡的雞排。這一切當然是因為我的古典CD收藏。

看在食物的分上，我那些很難買到的古典CD也只好大方借他。其實他不用送消夜給我也沒關係。因為之前聽音樂我怕吵人，只得乖乖戴上耳機，在深夜獨自享受自己的德布西。現在，冷門的古典世界又多了一名生力軍，我高興都還來不及啦。我終於可以把音樂放出來，和室友一起分享。

這就是為什麼我會在宿舍縱情地放上整套的音響系統，也不怕室友投訴。事實上，我一直懷疑，是否正因為我搬來這套當年用家教一年多所得換來的音響，才讓李強尼下定決心去追莫娜。說真的，古典樂不是那麼容易入門，沒有特殊的機緣，恐怕很難真正喜歡這些作古的遙遠音樂吧。

我永遠記得當我從這套系統放出音樂時，李強尼一句話都沒有說，連一句假意奉承的讚美都沒有。正當我要表達內心的不滿時，我突然發現，李強尼眼眶充滿了淚水。一個身材壯碩的年輕男子，強忍著不掉淚，說起來那畫面還滿突梯好笑的。

可是等等，他沒事幹嘛要忍住不掉淚呢？啊！在那一刻，我想通了。原來是音樂太感人了。俗話說得好，「沉默是金」，不說話是因為有什麼更高的力量在默默牽引著自己。不說話，是不願破壞這當下的奇蹟難信。

●

李強尼就這麼被我惡補了古典樂兩個多月，看得出來他是真心喜歡的。也虧他有慧根，短短時間就把音樂史上幾個有名作曲家的經典作品聽得滾瓜爛熟。有一次，我家教回來晚了，竟然聽見李強尼打給電台廣播，要挑戰當夜的古典擂台賽。

那時喇叭傳來的是布拉姆斯的小提琴協奏曲，不過主持人問的當然不是這麼簡單的問題，而是拉小提琴的是誰。前面一堆 call-in 進來的傢伙都搶著說是海飛茲或是米爾斯坦，很快就被淘汰出局了。輪到李強尼好不容易打進電台時，他給了一個最不可能的答案。「是瑪爾茨（Johanna Martzy）嗎？」透過電話傳送到空中的電波，再從喇叭傳到我的耳朵，竟然可以清楚感受到他語氣裡的興奮和顫抖。

從那刻起，我就知道李強尼準備好了。

我說的不只是在音樂上有充分的知識而已，而是布拉姆斯曲中所要一邊表露、又要一邊隱藏的濃厚情感，這種若合符節的情懷和相思絮語，不就是李強尼此刻的心情嗎？尤其當他說廣播的版本是瑪爾茨的演奏，他所聽見的是不同於一般男性大師的激越之情，取而代之的，是女性纏綿的情思和欲語還休的浪漫。這一切，正好說明了他對渴慕之人的內心波濤吧！

接下來的事，就容易許多了。只要把他們倆想辦法送作堆，共通的古典樂興趣，肯定可以讓他們擦出不少火花。我原來想讓李強尼在廣播裡點首艾爾加《愛的禮讚》給莫娜，但想想這麼高調的示愛，對方也不一定會高興。幸好我消息靈通，知道莫娜下個月有場公開的鋼琴獨奏會，此刻借花獻佛再適合不過了。

這就是我的計謀，我請李強尼買了一束鮮花，準備在謝幕時送給莫娜。但光有鮮花還不行，我和李強尼事先把莫娜當晚要彈的曲目，找出最愛的幾個演奏版本，集合成一張「愛的私房精選」，塞在花裡給莫娜。這樣當莫娜打開隨花附上的卡片，和這張愛的 mixtape，就會知道李強尼的心意了。

●

莫娜獨奏會的當晚，我回宿舍時已經十點多，這時李強尼還沒回來。我打開了系統，放入我們精心準備的私房選輯（沒錯，我自己也留了一張副本紀念），在音樂的輕柔播放下，我竟然迷迷糊糊地睡著了。

等到我醒來時，小喇叭 Rogers 3/5a 正輕輕唱著蕭邦的《雨滴》前奏曲。這時李強尼也回來了，臉上竟然像是哭過似的，也掛著雨滴落下的痕跡。

唉！我們千算萬算，惡補了古典樂，也買了當天花市最璀璨的玫瑰，卻沒想到莫娜天生對花粉過敏。出師不利的鼻子，讓莫娜全身不自在，幾乎是勉力而為才撐完全場。後來莫娜發現罪魁禍首就是李強尼的玫瑰，看也沒看就把它丟進回收桶。唉！可惜她再也沒機會讀到那藏在玫瑰裡的祕密了。

李強尼告訴我結果時，我真為我這個心思寬厚的室友感到難過。正當我想要說什麼安慰他時，他竟然對我說：

「雖然最終示愛不成，可是啊，我偷偷告訴你，莫娜演奏得還真爛。

「我說的可不是因為花粉過敏而導致的失常喔。那種外部性的技巧錯誤和我今晚聽到的，有很大的不同。

「我想應該可以這麼說，莫娜的演出讓人無法感受到有一絲愛的存在。空空的，好像一捏就碎了，沒有心的樣子。我們過去這個禮拜所聽的同曲目唱片，雖然是單聲道的古老錄音，卻是那樣地具有音樂表情和靈魂。」

李強尼說到這裡時，我們陷入了沉默。這時，我更不知道要說什麼了。然後他眼神發光，像是想通了什麼原本令人困惑的事。

「我不愛她了。」語氣中竟有些輕鬆。

「是的，我發現我不愛她了。如果她的演奏是那樣木然無靈魂，恐怕我們在一起也無話可說了，這樣的感情是維持不了多久的。」

這是我和李強尼最後的談話。因為隔天我走在路上，心裡還思索著他前夜跟我說的話，沒看清楚對面的來車就被撞了。

等我醒來，身旁多了一台 Sony Discman，還有好幾張我喜歡的古典專輯。我知道這是李強尼從宿舍帶給我的，只是我納悶他為何不留任何訊息就走了呢？我在醫院待了兩個月，才把上了石膏的跛腳治好。出院時有種物換星移、人事全非的強烈失落。

李強尼休學了。而莫娜新交的男朋友是吉他社的社長，據說連 Jimi Hendrix 都不知道是誰。

春去春又來，兩人的宿舍竟然沒有替補過任何學生進來。我就獨占了這間雙人寢，直到我大學畢業的那天。而我總是不時想起和李強尼一起分享的深夜愛樂廣播，那一段直到清晨也捨不得睡的年少時光。

「好了！這就是我今天 call-in 進來的原因，希望和今天的主題『難忘的廣播歲月』沒有差得太遠。」我幾近結巴地說，也頻頻向主持人道歉。我想我是太久沒聽廣播了，才會忘了 call-in 時，聽眾從不是主角，主持人才是。而我占用了太多他的時間。

「謝謝你這麼美好的故事分享。我倒是有個問題想請教你。」這位自稱強哥的主持人，竟然很著迷於我的人生故事。「你從來沒有想過，你的朋友怎就突然休學了呢？還有，你難道從來沒有試著聯絡他嗎？」

主持人問到了我心中，這多年來想也不敢想的一件事。

其實當年我發生車禍是自找的。

當年我聽到了李強尼說的，他不愛了，他在莫娜的演奏裡聽不見靈魂時，我的內心是多麼地激動。原來傳說的 Rogers 3/5a 喇叭真的沒那麼好聽。讓它好聽的，是陪你一起聽的那個人。

李強尼沒有意識到，其實他早就不愛莫娜了。

只是短短的兩個月古典集訓，我們看著月亮，數著窗外的星星忽明忽滅，音樂讓我們在沉默中，也可以聽見彼此的心跳很大聲。

音樂曾使我們那樣地靠近。近得失去了方向。所以我才在那天的清晨睡不著，起來亂走，想著他的話，和他說這話時的樣子。心裡頭亂了分寸，才讓在校園時速只能有二十公里的車子撞上。

但也許我真正撞上的，是自己都還不了解，也不敢了解的情感。

我曾不止一次懷疑過，李強尼是為了我而休學的。

我想那時的他，在音樂聲中發現了自己深埋的情感，此後大概在崇尚陽剛的體育系是很難混得下去的。但他如何能確認，我可能也是這麼想的？

和他同住的那兩年，有時他汗流浹背，剛打球回來，我會催他趕快去沖澡。我會捉弄他：「快去沖澡啦，你這麼臭，有哪個女孩子會想跟你在一起？」但實情則是，每次他在我面前脫衣，我都臉紅地不敢盯著他看，害怕誠實的身體洩漏了我們之間不可言說的祕密。

會不會那些捉弄和假裝出來的嫌惡，讓他信以為真？

他說他不愛莫娜了，但他不知道我是怎樣想的。他很可能一直以為我討厭他身上的汗臭味。

在醫院醒來的那天，除了隨身聽和CD外，我還發現一張卡片。那是他原本準備給莫娜的情書小卡。

那是怎麼一回事呢？他不是說他把卡片和花一起送給無緣的莫娜了嗎？

會不會這一切都是他捏造的？其實他根本沒有去那場獨奏會，莫娜也沒有花粉過敏症，而他的卡片也沒有送出？

他扯了這麼一個大謊，會不會只是為了看我的反應？為了一次捨了命交了心的確認？而我聽完他的話，只是愣在原地，什麼話也說不出，除了一句：「好可惜……」

當年的我，是在可惜那張反覆修改無數次的卡片，就被莫娜這麼不經意丟了。這麼深重的情意，這輩子恐怕再也沒有人讀到。但聽在他的耳裡，會不會變成了最殘忍的誤讀：「好可惜喔，你竟然不愛她了。你明明費了這麼大的勁啊！」

這樣殘忍的誤讀，是否成了他最終必須出走、休學不告而別的痛苦決定？

我曾有千百次的機會可以打給他的，但我不曾拿起話筒。

我不敢確認自己。我不敢確認他可能喜歡那樣的自己。

我不敢確認自己心中，始終是播著那樣好比布拉姆斯，一邊賣了命表達，一邊又瘋狂擦拭費勁隱匿的情感。

當年他為什麼知道廣播裡那沒有人答得出來的版本，是瑪爾茨的演奏？那就是我之前曾播給他聽，告訴他怎樣去感受布拉姆斯的心意與千萬個糾結哪。

Call-in 節目已近尾聲，我做了一個困難的決定。

我告訴主持人，其實我愛了這個人一輩子：這是我到現在還單身的緣故。別人老是以為我是個古典宅怪咖，但其實他們不懂。

他們不懂，當整個城市都睡著了，我和李強尼曾有過一片星空，和星空下的布拉姆斯。

主持人無語，我想他也很驚訝，怎麼有人什麼都不準備地，就在電台上胡亂告白了起來。

「謝謝你的分享。」他的聲音聽起來有些激動和哽咽。

「我想你的故事值得一首歌。在節目尾聲，我想把它送給你。這是當年一個教我怎麼聽音樂的人，第一次播放給我的曲子，也就是大家小時候唱遊課本裡的〈Old Folks at Home〉，中文翻作「故鄉的舊人」。謝謝這位聽眾今天的 call-in 分享，你讓我想起了青春的故鄉裡，曾經也有這麼一位等著我的人。我是強哥，Johnny Lee。我們下次空中見。」

布拉格之秋

那是個秋風飄零的夜晚，布拉格露天廣場上的人群來來往往，卻很少人注意到他的存在。

這個小提琴家已經在那裡很久了。他的神色看起來相當疲累。他的琴看起來頗受歲月的摧殘。很難想像這樣的一把琴，能夠在這樣蕭瑟的秋色裡，迸發出什麼樣的花火。

我就坐在廣場上靠南方古城門的一個咖啡雅座，消磨時光。今晚的我並不想睡，明天過後，我就會離開這裡，到下一個歐洲古城繼續我的流浪。

命運就是這麼巧妙，有千百萬個可能，在千百萬個平行世界裡，我是不可能和他有所牽連的。

都怪那個琴聲！

從傍晚六點到晚上九點，小提琴家被熙熙攘攘的人群不斷經過，卻沒有人願意為他駐足三分鐘。整個晚上，我點了地中海起司櫛瓜三明治和一大份爐烤海鮮，享用著喝不完的免費咖啡，布拉格廣場上的小提琴家滴水未沾，眼神仍有藝術家的尊嚴。

九點一刻鐘，有一對年輕的情侶擋住了我的視線。他們似乎對小提琴手說了什麼，但人群太吵，我聽不見。

然後就是那個該死的琴聲。

那是艾爾加的《愛的禮讚》。從小到大，我已經不知道聽過幾千回。

每當電影裡戀人們墜入了愛河，十之八九就會響起這首曲子。你在高級餐廳裡，最常聽到現場點播的曲子也是這一首。作為對愛情的謳歌，好像只要聽見這首，就能確保在場的雙方永遠白頭偕老似的。

但是命運總有它玩弄人的把戲。一年前的我，也曾煞費苦心，安排一名小提琴手，在一家必須半年前就預訂的高級餐廳裡，現場為我和心愛的艾琳演奏《愛的禮讚》。

那晚燈光和今夜一樣地迷離，我請來的這名小提琴手果然高竿，琴聲如此優雅細膩，艾琳的眼眶泛著淚水，音樂當真是最好的催發劑。

一曲演罷，現場的客人響起如雷掌聲。正當我準備從懷裡拿出那顆訂情厚禮時，艾琳說話了，眼角的淚珠依舊閃爍著光芒。

「仕達，我不愛你了。」

五星級的飯店依然五星級，地球還在運轉，只是聽到這句話的我，卻如五雷轟頂。

怎麼可能？我在心中百轉千迴，想不透為何就在我準備好開展生命的另一樂章，向心愛的人邀舞時，她卻頭也不回，毫不掛念往日情懷，回絕了我。

我痛苦得不知如何回答。為什麼一個人可以瞬間從幸福的天堂，跌落絕望的深淵？

我請來的小提琴手肯定也不知如何是好，只好把《愛的禮讚》從頭又拉了一遍。從那時候開始，我便真切地恨上艾爾加的這首曲子。如果悲傷有配樂，肯定就是這首不可能再更諷刺的《愛的禮讚》。小提琴的曲子既悠長又甜美，我卻眼睜睜地看著艾琳離開餐廳，離開我的生命，什麼也做不了。

這就是為什麼我離開傷心的台灣，踏上流浪的生命之旅。我被此生最愛的一段旋律放逐了。沒料到，在布拉格的秋夜廣場上，又聽見了這首傷心的曲調。

但布拉格廣場上的小提琴手不一樣。他拉出來的感覺完全不是那麼一回事。廣場上的他，少了鋼琴如詩如夢的伴奏，這首曲子若僅以小提琴為獨奏，難度相當高。他卻一氣呵成，如最偉大的劍士，舉重若輕地拆解那些作曲家設下的險境與顛簸。

最驚人的是，這首原本應當是光采紛呈的曲子，在他的演奏下，竟帶有些許徬徨的苦澀，和我口中啜著的黑咖啡，如此合拍。

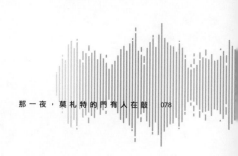

一曲驟畢，沒有人鼓掌。那對原本擋在我面前的情侶，不情願地走了，一邊罵著，「這什麼嘛，這哪是艾爾加的曲子，艾爾加怎麼可能這麼沉重？」

人來人往，小提琴家面前的打賞箱依舊稀薄。

但他毫不稀薄的琴聲，情深意切地打中了我。

他怎麼可能知道，看似最光采紛呈的曲子，也有暗藏的伏流與心情？

他看起來那樣地落魄，身穿不合時宜的衣服，會不會也有自己不凡的生命故事？否則你怎麼解釋，僅在幾分鐘之內，他能把那首令我最痛苦的曲子，轉變成昇華靈魂的神祕樂章？

秋夜的風愈來愈強。廣場上的人愈來愈少。我做出了一個連我都驚訝的舉動——我走向了小提琴手。

「你一定又餓又渴吧。」我說。

他對我微笑。那笑裡有些傷感，卻沒有一絲自我憐惜的意思。

我邀請他走向我剛剛入座的露天咖啡，為他招呼了一份熱食和咖啡。

「謝謝。」小提琴手的聲音相當慎重。

「不，我才要謝謝你。我已經很久沒有聽見這麼令我感動的音樂了。能夠請你享用一頓餐點，是我的榮幸。」

小提琴手向我娓娓道來他悲涼的身世。

小提琴手說他的名字叫馬可思，從小到大，有一個相守十七年的情人。他們漫步歐洲大街和小巷，看遍燦爛的星空。

有天晚上，女孩牽起他的手，點播了《愛的禮讚》，一遍又一遍。然後她告訴他，他們之間是不可能的了。明天過後，女孩的爸媽就要把她嫁給門當戶對的人家。馬可思什麼都沒有，馬可思窮得只剩下音樂，而音樂無法拯救愛情。

但女孩始終還是那樣愛著馬可思的。而馬可思也是。

明知今生無法相結連理枝，至少今夜是他們的。她獻上了自己的所有，那些熱情的擁抱，與青春綻放的美好。

隔天醒來，女孩已經不見。接連好幾天，馬可思瘋狂地想找尋她的蹤跡，卻再沒有聽聞她的消息。女孩就像人間蒸發一樣，留給馬可思無窮的想念。

從那時候開始，馬可思走遍歐洲，帶上心愛的提琴，在每一個擁擠的廣場上，反覆地演奏《愛的禮讚》。像是一種指認，也像是一種召喚。心碎而多情的小提琴手以為，只要他不間斷地這樣演奏下去，她就會在某個地方和他再度相遇。

春去春又來，原本充滿陽光與雲泥的曲子，慢慢添上了幾抹悲傷的弦外之音。到後來連馬可思都忘了，《愛的禮讚》不應該是首哀歌。但他已經顧不了這麼多了。眼看著愈來愈少人往他的打賞箱投錢，他的日子活得愈來愈困頓，但他已經沒有回頭路了。

一首歌就注定了一生的羈絆。一個吻就牽掛著一世的漂泊。

「所以你真的就這樣走遍歐洲大小城，以琴聲在每片星空下劃破夜的孤寂，只為了再見她一面？」

馬可思低下了頭。

「很傻吧。過了這麼久，我還相信著幸福。其實我早就不期盼和她今生能有好的結果。我只是想知道，這麼多年了，她到底過得好不好。今夜讓我特別感傷的是，漂泊了這麼久，我又回到了布拉格的廣場。知道嗎？多年前的今夜，她就在這裡，央求我拉著艾爾加的曲子，一遍又一遍，好像只要曲子沒有歇止，那無望的未來就不會來。那時我們還有音樂，就算全世界明天都拋棄了我們，此刻的我們還能擁抱彼此。」

夜幕低垂，廣場的人都散得差不多了。連星子都遮起了它們發亮的眼睛。天空睏睏的。鼻子癢癢的。眼眶濕濕的。

我起身向他道別，謝謝他這樣一個好故事。明朝太陽依舊升起，我知道此生我們不可能再見了。涼風裡的咖啡有餘香，他的琴聲還有好多的溫柔。

只是一次偶然的相遇。不過是千萬杯咖啡裡的巧合。

多年以後，當我結束漂泊的生涯，重新踏上了故鄉台灣的土地，有一回我在音樂廳裡實在太累，顧不得旁人，竟然就此睡去。

半夢半醒之間，多年前在布拉格廣場聽見的艾爾加小品，如秋風徐徐傳來。一首絕無僅有的《愛的禮讚》。那樣的悲傷，那樣的荒涼，一種連作曲家聽了都要搖頭的寂寞詮釋。

那是當晚沒在節目表上的獨家安可。

演奏完的時候，靜得連根針掉在地上都聽得一清二楚。沒有人鼓掌。所有觀眾都訝異得不知如何是好。

留歐一戰成名的青年指揮這才轉過頭來，對著面面相覷的觀眾說出一段奧妙難解的話。

「謝謝我生命的老師馬可思，多年以前，我在歐洲巧遇他，是他教會我等待和愛的真諦。這首安可，獻給天底下的戀人，到頭來，不管得到或再次失去，都是生命的禮讚。」

我在心中爆出了掌聲。良久良久，我才發現大廳早已人去樓空，而我在自己的淚海裡，重回了那個秋夜的廣場。

街尾那間音響店

一九九六年暑假，我領了打工所得的第一筆薪水，雙手顫抖地打起了音響雜誌後面那排商家電話。

「您好，請問可以試聽 NAD 502 + NAD 3020 擴大機的組合嗎？」

我以為我微薄的薪水會引來對方異樣眼光，沒想到迎來的問候卻是：「賀啊。你來。」

可能是對方「溫暖的語氣」給了我極大的信心吧。當時也不流行「音響初哥」被人宰的說法。就這樣，我騎著那台二手破爛到不行的綿羊50，到長明街尾找到了那間看起來有點詭異的音響店。為什麼詭異？因為它看起來根本不像一間賣音響的店，門口擺放了一堆亂七八糟的國台語黑膠和舊書報，說它是一個資源回收場還差不多呢。

我在門口猶豫了很久，到底要不要走進去呢？我是說，門口那堆蒙塵的黑膠看起來也太可疑了，都一九九六年了，CD大行其道的數位時代，誰還聽這些笨重的大圓盤呢？一邊天人交戰，腦袋更不停歇，想像店內縱使有賣音響器材，恐怕也是不怎樣的貨色吧？愈想愈抖，拔腿正要開溜之際，空氣裡突然飄來一股厚重的咖啡味，聞起來是賽風壺沖煮出來的上好藍山。

我被這難以抵抗的香味說服了。走進店門才發現，一位中年人戴著粗黑鏡框的眼鏡在煮咖啡，一副神情自在的模樣。牆上擺滿了爵士名家的黑白照片，奇怪的是相框上都有被燻黑的痕跡。當下不解，定睛一看，才發現煮咖啡的人嘴裡叼著一根菸啊，他一邊煮咖啡，一邊播送著「加農砲」艾得利（Cannonball Adderley）所演奏的快意爵士，菸屁股還不斷掉入咖啡裡，形成一杯「加味的」咖啡。

男人看見了我，也看見我眼中的不可置信。眼角一個牽動，示意上前說話。

「少年欸，喝不喝咖啡？」

我還來不及回答，他已經一股腦兒把那杯加味的咖啡遞送到我面前。我厭惡地嚐了一口，不料迎接我的，卻是厚醇溫暖的回甘之味。

「老闆，我想試聽 NAD 502 和 3020。」我終於鼓起勇氣說話。

他大笑。

「抱歉，賣完了，店內沒有貨。而且，我不是老闆。」

我表明了昨天才打電話來確認，怎麼可能才過一天就沒貨呢？

男人笑得更大聲，「老闆都這樣啦，每次進貨就那麼幾台。每台都讓人拿回家試聽十天半個月，也不收試聽費。你猜怎麼著？十台有三台回不了家，剩下說要買的，也拖了好久才把餘款付清哪。」

這老闆也太海派。我在心中這樣評論著。但等等，如果他不是老闆，煮咖啡的男人是誰？

「呵呵，我就是那個害你聽不到NAD的人啦！」煮咖啡的男人搔著頭皮，十分不好意思地說。「機子昨天還在店裡，但讓我先搬回家聽啦。老闆本來說不要，因為我上次搬的書架喇叭還沒搬回來呢。他說拿東西來抵，不然這樣下去他要喝西北風啦。你瞧，這些豆子和門口的黑膠，就是我拿來送他的交關禮啦！」

「原來如此，那老闆怎麼不在？」

「他常常這樣。有時通宵開店一整個晚上也不睡覺，有時白天門口開著，不見人影，樓下客人自顧自的放起馬勒《千人》，鄰居被吵死、要報警了，他還是沒出現。

等到《千人》都要被鄰居咒罵成《死人》，他才從三樓走下來。原來，整個白天，他都在樓上補他個清秋大眠啦。」

「那怎麼辦？他現在在樓上補眠嗎？」我望著手腕上的錶，下午三點，怎麼有人可以睡到現在還不起來？

「很可能喔。但千萬不要吵他啦，老闆最討厭人家吵他了。但別擔心啊。你想聽什麼，我播給你聽就好。這裡我超熟。」

我感到困窘。初來乍到，還沒見到老闆，就亂動人家的器材。這樣好嗎？

「當然沒關係。他不會介意啦。」煮咖啡的男人又呵呵笑了起來。

●

那天晚上，我抱回了比預期還要昂貴的器材回家，Naim nait 2 +Ariston CD Player，喇叭則是後來漲翻天的 Rogers LS 3/5a，卻連一毛錢也不用付。

這是我犯下的第一個錯誤。明知付不了三倍的錢，卻還是硬著頭皮把機器帶回家。不帶沒事，帶了真的會中毒。以前沒聽過的小提琴泛音，如今在我的耳膜不斷暈開成一片令人醉心的音樂好風景。

我心裡有個聲音，要我快點把機子送回店裡，免得夜長夢多，機器有了損傷賠不起。但另一個聲音旋又浮起：「不要送回去。送回去，你只能屈就便宜的 NAD 組合啊！」

然後我就犯下了第二個錯誤：我沒有把機子退回去。

一九九六年的夏天沒有，冬天沒有。過了一年，沒有。然後是兩年、三年、十年、二十年，直到機器再也無法開機。一天早上，我終於鼓起勇氣，翻起音響雜誌最後一頁的名店通訊錄，出乎意料地，那間店的名字還明晃晃地，矗立在上頭。

我冒險回撥了回去。我手心都是冷汗。一個犯錯的人，想為二十年前的音響債，贖一個不知道還來不來得及的罪。

電話沒有接通。我試了兩次，依然如此。

滿心乞求原諒，此刻開車上路，要回到二十年前那間街尾的不起眼小店，尋訪那位我從來未得一見的好心老闆。

映入眼前的，卻讓我吃驚不已。眼前的音響小店，依舊有濃濃的咖啡味，但已不見經典器材如山，取而代之的，是滿室絡繹不絕的客人。難怪打不通。難怪電話沒人接。老闆忙著招呼客人，沒時間接啊。

我抬頭望著招牌，不知從什麼時間開始，音響店已悄然改成「博客黑膠唱片行」。

在那一秒上，我懂了一切。是老闆二十年前的好心，救了他自己。那些客人不要、丟來抵債的黑膠，價格早就水漲船高。無心插柳柳成蔭，變賣那些二手黑膠的所得，讓他得以在時代的變遷中不至於滅頂。事實上，他搭上了第一波的類比復興順風船，看「博客唱片行」的氣派外觀，就知道不同凡響。

二十年後，舊地重逢，我走進了這家店。

在櫃檯我一眼就看見了「他」。那個眼神充滿了豪爽的男人，一定就是老闆。當年我打電話進去，一口就說「賀啊。你來」的男人，一定就是他。

我在架上取下了鄧麗君的首版《淡淡幽情》唱片，標價三萬。臨走前，我付了十三萬，連同二十年來的音響債加利息。

我知道我背後的人客此刻一定都在議論紛紛，心想這個客人怎麼這麼奇怪。我也知道，此刻空氣裡會響起他的回答，不疾不徐，不驚不恐：

「喔，他不是第一個。這幾年來，常常有人這麼做。」

剩下光年

我的高中老師李思賓先生對我有莫大的影響，也是高中唯一把我當掉的人。

我高中時文科還不錯，歷史和地理都遊刃有餘，作文也常常被國文老師當著班上念出來。可是李思賓老師教數學的，這就使我非常頭大。因為那些奇怪的符號和公式，對我來說就像無字天書，任憑我怎樣努力，數學小考從沒能及格過。

有一天李思賓老師把我叫到辦公室去。還沒進到辦公室，在走廊上我就忐忑不安，心裡直喊完了。看著老師冷酷的雙眼，我什麼話也不敢說。過了好一會，他開口說，他早上經過公布欄，看見我寫的一篇〈夜市見聞錄〉，在玻璃櫥窗前駐足閱讀良久，覺得我寫得實在有趣極了。

我寫了什麼？我寫了夜市街尾那個卡帶攤位，總是放著又老又土的台語歌，我每次都故意繞過。可是有一天我繞不過了。因為歌手龍千玉來了，把夜市擠得水泄不通。聽說那場表演，龍小姐穿得比微風還涼爽。只可惜我太矮小，什麼都看不到。除了一剎那間，她的雙眼穿越了簇擁的人潮，不知怎麼地，對上了我，我覺得害羞不敢看，回家連續好幾個晚上都是紅粉青春夢。

李思賓老師告訴我，他就是讀到這個插曲，全身都不可遏止地顫抖了起來。那時我還以為他要說，龍千玉是他同學什麼之類的；如果是真的，那也太離譜了。但李思賓老師說，他對龍千玉一點都沒興趣，而是那個卡帶的故事，讓他想到了在金門當兵的日子。因為不能回家，帶來的卡帶聽了又聽，又因海邊風大、濕氣重，很多張早就發霉。

我哇了一聲，聽卡帶排遣寂寞也真有意思了。那他聽的如果不是龍千玉，是什麼？李思賓老師這時才說，那時政戰部門思想檢查依然嚴謹，尋常卡帶是不准帶進來的，除了有教育意義的那些之外。「有教育意義」的意思，就是古典、很催眠的那些啦，像《四季》、《卡農》、《合唱交響曲》，這些是勉強可以放行通過檢查的。

但李思賓老師的卡帶可不是那些。他不愧是理工組的金頭腦，機關算盡，用當時的薪餉請女朋友買了一大盒《古典最精選》。那麼不聽古典要做什麼呢？他請女朋友用古典的卡帶錄「她的聲音」給他聽。真是多情種子，竟然想到用這種方法，一解相思之苦。

但這個做法還是很冒險。畢竟金門是要塞區，哪可能那麼容易就被你糊弄過去。所以他跟女朋友套好，不能整張都錄，要從中間錄，首尾保留原本的音軌。還有最重要的，要專挑冷門的曲目錄，像蕭士塔高維契的交響曲或是楊納傑克的歌劇，因為保防人員執行安檢時，根本不會想去聽這些看了就令人頭大的音樂啊。

天可憐見，李思賓老師苦悶的島上日子，有了乾坤大挪移的武功施法後，降下了不少愛的甘霖。他就這樣聽著聽著，像是依賴著人間最寶貴的希望一樣，撐過了那個他們在港口道別的夏天。秋風蕭瑟，十月的金門提早變冷，她還是每週都寄來卡帶，轉錄著自己愛的思念。

他好感動。他想著，冬天就快要來了，但那又如何？金門的海風再怎麼冷，也冷不過一個心中有家的人。

十一月了，她依約定寄來那些令人頭大的《古典最精選》。他每天都在盼望來自本島的訊息。

十二月底，寒冷的金門難得出了大太陽，照得人心好舒服。他收到了馬勒的《第六號交響曲》。

那是他第一次成功把卡帶從頭到尾，全部聽完，並失望地發現，裡面除了乒乒乓乓的管弦樂之外，什麼也沒有。

他不敢相信，拿起卡帶，想要知道究竟發生了什麼事。

封面無語，除了用英文寫的曲目。但他看不懂，不知道 Tragic 是什麼意思。

他不知道馬勒《第六號交響曲》的副標叫 Tragic 是什麼意思。

那也沒什麼。既然她不再寄來她的故事了，他的人生還有什麼意思？

連續半年，我的老師，李思賓先生，沒有對人說過一句話。他把她寄來的卡帶整理好，放在鞋櫃裡最深最黑暗的角落。

春去春又來，時光流轉，又回到他們分離的那個夏天，那個再也回不去的青春港口。曾經是彼此渴慕的盛夏光年，如今，寂寞無人可說，亙久恆遠的思念，窮得只剩下光年。

九月三號這一天，島上點放，放一天假。他沒有走出營區。一半人都放假去追尋他們在島上的異鄉夢了。剩下的一半，無法輪休，在營區裡安靜地做著他們的白日春夢。

只剩他是清醒的。清醒的。

他發狂似地想聽她的聲音。他把卡帶找了出來，戴上耳機，把音量調得比平常更大。

海風在吹，那些她覆蓋轉錄上去的聲音，磁粉早就被細菌咬光。底層原始的音軌，卻神奇地被保存下來，音質依舊清晰。

在那瞬間，他終於了解到，她不在了，她的聲音也不在了。而縱使她的聲音還在，她的心也永遠不在了。

從那時候起，作為一個向往事揮別的手勢，他開始愛上卡帶裡的另一個聲音，原版的聲音。古典樂的聲音。殘缺不全的古典樂。放到一半就被消磁的《卡農》和歌劇《顏如花》。

離退伍還有遙遠的一年。但他再也不那麼寂寞難過了。他有了人世間最美的希望：一整箱漏洞百出、曲目不全的《古典最精選》。

李思賓老師告訴我，退伍之後，他沒有告訴任何人為什麼。但他開始迷上古典樂。他買齊了每一張聽一半就沒聲音的唱片，他要把他的故事聽回來。

他要把他的青春聽回來。

●

就這樣，李思賓老師說完他的卡帶人生時，他說他要把我當掉。除非……

除非我寫出一個更好的故事，否則我數學肯定被當慘。

如同我一開始說的，我的數學後來果然被當。但那不是因為我沒寫出一個更好的故事。我是什麼故事也寫不出來。

在我面前，是一個悲喜交雜的海潮之聲，那浪聲如此狂暴，掩蓋了所有出口。我怎樣也寫不出任何一個故事了。

成長的路上，他的故事我未曾和任何人說，但一直在我的底心這麼安住了下來。

每年教師節，我都會打給李思賓老師問候他。眼看九二八又要到來，今年事忙，怕自己忘掉，提早要打給他，告訴他，我寫出很多故事了。當年被當的數學分數，我補回來了。

我補回我的青春了。

電話那頭未被接通，傳來嘟嘟嘟的聲音，聽起來有種空洞感，像大海。像是告訴我，有什麼人已經走掉，而我還在死心地期盼他回來。

嘟嘟嘟。時光的流逝像大海。

而大海的浪聲，在我耳邊不斷敲著，到今天都沒有停下來。

我走了，你會記得我嗎？

一位優雅的女士每晚總是按時出現在門口。酒吧的燈光很暗，遮掩了她真正的年紀。她看上去比實際年輕了十歲，當然不只是光線，還有音樂的緣故。

每晚她來，都在自動點播機投下一枚銅幣，唱針落下，托盤升起，唱針沿著黑膠溝紋走了一圈。這時酒吧外頭的夜鶯才剛啼叫，教堂的鐘聲若合符節地響了十二次。

〈When You Wish Upon a Star〉，優雅女士每次來都點播這首歌。

天曉得她已經在這裡出現了多久。

幾天？幾週？幾個月？還是好幾年？唱片上的刮痕有多少，炒豆聲有多劇烈，她等待什麼人的心事就有多麼淒切。

年輕的時候，優雅的女士和人去看了一場電影。他們出發的時間晚了，戲院只剩下《木偶奇遇記》可以看。挑這部好嗎？他對她說。看什麼都沒關係，真的。她說，只要是你，什麼都無所謂。

〈When You Wish Upon a Star〉就是那部動畫的主題曲，後來成了迪士尼經典的招牌曲目。它的意思是，只要你敢追夢，就放膽去追吧。哪怕天涯海角，夢想若不到手，絕不罷休。

那晚他們看完電影，散步到他外宿的單身公寓。他們歡愛如兔子。明天男人就要走了，去遠洋之外的陌生國度裡淘金。

我走了，你會記得我嗎？

男人說，等我，我會回來。帶著今晚我們聽的那首歌，和星夜裡燦爛的夢想回來。

她是如此深信著。一首歌能唱多久，她的守候就有多久。

於是一首歌成了一輩子，一輩子成了荒田和無夢的星空。她仍在等待。她不願面對這樣可能的故事終局，她的男人是皮諾丘，用鼻子編織著偉大的人生預想圖。而她眼睜睜地看著它變長變大，她的日子卻不斷消逝乾涸。

今晚她又來了。
一如昨晚。一如上週。一如去年。一如他們離別後的第一個秋天。

故事在這裡有了不可思議的轉折。

酒吧裡的唱片，終於被歲月勾出一道不可磨滅的傷痕。它不唱了。任憑唱針來回不斷地擺動，擱淺的軌道，連發出一句生命的嘆息都嫌困難。

空氣一片死寂。靜得連最深沉的心事，都無法掩藏。優雅的女士再也無法維持自己的優雅了。唱片不唱了，時光不轉了，她的人生，自此何去何從？

她把蒼老的臉掩埋在雙手裡。對眼前的一切恍若未聞。
然後她聽見了一句歌詞。沒有伴奏，雖不美聲，也不甚難聽。但她的底心，還是那樣輕輕地，被撥弄了一下。

When you wish upon a star
Makes no difference who you are
Anything your heart desires
Will come to you

一開始不過是小小的顫抖和發音，後來愈唱愈大聲。午夜酒吧的一首動人之歌，不過它不是從唱盤上發出來的。

所有酒客都在接力唱著這首歌。像是早已安排好的計謀，又像是久別重逢的甘霖落下，一切謬誤都合理，而所有傷心都有了歸宿。

他們為她而唱。那位多年前他們曾在鎮上林頓小學，喚她作「恩茲女士」的小姐，如今早就老得忘記學生的容顏。

但他們沒有忘記。在恩茲女士還沒有發瘋的那幾年裡，她的雙手在小學的古老鋼琴上彈出多麼優雅的琴聲。她和他們一起歡唱。彷彿有歌就有力量，只要相信，夢想就在不遠之處。

那首〈When You Wish Upon a Star〉就在他們小小的心靈裡慢慢發芽。

多年了，有些芽長成了樵夫。有些芽變成了鐵道工人。然而，無論是銀行行員或是地方實業家，縱然散布在鎮上的各個角落，他們卻沒有忘記心中的那首歌，和永遠的恩茲女士。

每晚當優雅女士走進夜裡的寂寞酒吧，她沒有發現，自己從來不是一個人的。

「關心是問，而關心，也是不問。」一名女詩人曾經這樣說過。不問是給了你優雅的迴身，再讓你決定是否要好起來。

他們都在。唱片轉動的時候，他們在。歌聲終於消失的時候，他們也會這樣一直守護恩茲女士。

像今晚。

這晚，酒吧提早打烊了。
而午夜的弦歌，卻遲遲不肯墜。

淘兒唱片行

淘兒唱片行賣唱片也賣回憶。這麼多年來，我總在夢中和它不斷相遇。

在淘兒唱片行上班時，我認識了許多怪咖。有一個你問她 Miles Davis《Kind of Blue》專輯放哪排的短髮姐姐，總是不太理你，那太潮流了。但若跟她聊聊像 Charles Mingus《直立猿人》這樣很不從眾的唱片，卻會傾心陪你聊到打烊尚且意猶未盡，最後還問你要不要到她家吃泡麵。

這裡面最怪的店員，應該是李裕了。不為什麼，只因為在一群瘋子裡，他很正常。

「正常的品味」，這意味著他喜歡海飛茲勝於艾爾曼，醉心於比爾・艾文斯而非麥考伊・泰納，並收藏有ＥＣＭ全部編號的專輯。「正常的閱讀」，包含村上春樹那些備受吹捧的小說和泰戈爾的詩集。「正常的穿著」，介於 casual wear 和上班服裝間的土色混搭。種種現象，都傳達了他是正常且無趣的人，事事寧可打安全牌，也不願踏出舒適圈一步。

雖然李裕是個無趣的人，卻是全店最可靠的傢伙。因為全店他業績最好，不管顧客多刁難，臉色總是親切，好像天生合適當客戶服務申訴台。而且他具有照相機般的記憶力，七秒之內就能找到已經被丟在那很多年、乏人問津、連條碼都剝落的可憐老唱片。

只是縱然李裕是唱片行的大紅牌、業績的救星，他的人緣卻最差——你能期待一個只看村上春樹，只聽 Antonio Carlos Jobim 的傢伙有趣到哪？大夥聚會總是刻意忽略他，甚至私下笑說，能在七秒內找到任何冷門唱片的神功，「晚上大概也只有七秒那麼快」云云。

我並不太欣賞這些笑話，但我也犯不著起身為他辯解什麼。畢竟他是個正常人，而正常人也不屑理會我們瘋子的世界，不是嗎？

有一天，李裕不知道發什麼神經，一上班就跟大夥說：「今天我生日，請務必到我家作客。」你可以想像那場景多尷尬嗎？沒人想去，卻沒人好意思開第一槍說我有事，只好勉為其難地說好，「我會到，你家在哪？」

我永遠記得，當我在昏黃的街燈下，走進溫州街巷尾的那棟舊公寓時，心中是多麼不情願。沒那麼誠心想赴的約，每一步走來都是費力。雖然如此，我還是去買了一個十吋的水果蛋糕，很「正常品味」的那種，不狂野更缺乏創意，但或許剛好就為李裕這種人存在也說不一定。

按門鈴前，我深呼吸了一口氣，確保自己故意遲到了至少十五分鐘，以免讓他認為我整天上班就巴望下班，赴這場該死的約。

沒有人來。唱片不停地轉，而屋子一地荒涼。

我們避而不談缺席的同事，以為這樣就能驅走一屋子的寂寞。然後他跟我講一個故事。一個沒頭沒腦，但我就是記得了的故事。

●

其實他小時候住在花蓮，是個很野的小孩。

「我知道你們看著我的時候，心裡都在想著什麼。一定都覺得我很無聊吧？」我假裝看著水果蛋糕開始出水的樣子，話都不敢多說。

「其實我小時候天天在花蓮山裡跑來跑去，村裡的大人都覺得這樣亂跑，心性不定，總有一天會出事。可是我不管他們，河水就是我的好朋友，鳥鳴就是我的田園交響曲。我就是個靠天養的頑童。

「有一天妹妹央求我也帶她去玩。其實我覺得多帶一人很煩，而且她不太會走，簡直拖累我。但她那時真可愛，說不過她，只好牽著她的手出去野一野。那天下午，我先買了一瓶彈珠汽水掛在胸前，走著走著，汽水都變燙了，而且很渴。我和我妹在一棵大樹下就著那小小的瓶口喝著，有風徐徐吹來，舒服極了。我覺得這樣和妹妹探險也不是那麼討厭的事。

「然後我聽見樹的後面傳來很奇怪的聲音，某種低鳴、混合著泥土的味道。我定睛一看，魂都飛了，是隻黑熊！一隻貨真價實的台灣黑熊。我那時八歲多，聽過大人說，看到熊一定要快跑。可是下意識就是整個腿軟怎麼辦？心想不妙，妹妹還在旁邊對熊笑呢，這個可愛的傻蛋！」

「那……你和你妹妹怎麼辦？」我幾乎是顫抖地說。

「我再一看，還好是隻小熊。勇氣一來，想說死命往前跑，過了橋也許就沒事。

心裡一這麼想，發瘋抱起妹妹就往前發足狂奔，頭都不回一下。然後你猜發生了什麼事？」

我不敢想。我不敢問。

「跑到全身虛脫時，我癱瘓了。心想一切都是我太頑皮太野了，才會讓兄妹倆誤入險境，要是自己乖一點聽大人的話就好了。

「就要放聲大哭放棄希望時，我往後瞧。大概要死的人還是想知道自己怎麼死的吧。咦！小熊呢？小熊怎麼不見了？橋的另一頭怎麼有黑影在動？不會吧，那頭小熊也沒命地跑，瞧著我們好像是見鬼似的……」

聽到這裡，我簡直被逗樂了。什麼嘛！原來是個鬼故事，害我還緊張了一下。也在那一刻，我消解了心中對李裕所有的心防和敵意。「七秒俠」除了能找片外，還能光速地救了妹妹，這故事真幽默真好聽，他一點都不無聊啊！

後來我才知道，李裕就在死裡逃生的那一刻，向冥冥的上天發誓，自己和妹妹若能活下來，他願改變自己的性格。自此他從動轉靜，再也不獨自危險入林。寧可選擇老套而世俗的道路，也不願讓心愛的人，因為自己受到一絲傷害。

他的家人從來不知道為什麼家中的長男變了，而妹妹一直以為和小熊賽跑是場遊戲。沒有人知道那天下午，林中發生了什麼事。

而今晚，我知道了。

原來我眼前的這個無趣男人，也曾有心中的大川大河。原來他曾經是那樣地溫柔。為了愛，終其一生，委屈了自己的心意，做了一個最困難的決定：成為一個正常且無趣的人。

那夜我們還聊了很多其他的事，但我都記不得了。只記得那瓶林中的彈珠汽水，和狂跑後，臉上不知是汗還是淚的表情。

後來淘兒唱片行倒了，李裕是留下來清理最後一批唱片的人。

我帶了一手啤酒去找他。顧不得店內嚴禁飲酒的規定，我要和他痛快地對飲。反正明天租約就要到期，從上週六就沒有客人再進來這落魄的唱片鬼城。

那個下午，店內牆上的老喇叭 Dynaco A35 播送著他選的 Pink Floyd《The Dark Side of the Moon》沒有停過，就好像是道別的歌，還不忍心一口氣唱完。只要不斷重複這一首，音樂還沒結束，我就能確保，你還不會離開。

我從來不知道，他也會喜歡 Pink Floyd。

每個人都有陽光照不到的那一面吧。那是月之暗面，也是我們童年的祕密基地，更是我們儲存眼淚的幽浮裝置。

播完這首，你就要走了。帶著你的所有祕密，那些無趣的正常，與所有美麗得令人心碎的脆弱。

●

多年以後，我在美國的淘兒唱片行，曾經看過一個身影很像他的人。但我不能確定，只因為我不願去相信，如果他還在這世上，終究還是那樣地孤單。

那個人手提了好多張唱片，沉甸甸地。身旁沒有任何人陪伴。

那樣的他，心中的溫柔，還是不為世人所理解嗎？而我什麼也沒做，一如當日那隻往反方向行進的小熊，推開門輕悄地告別了這一切。

末日四重奏

疫情發燒的第四十五天，我每天都忍住自己的眼淚，忍住不讓報紙上的死亡數字，打亂我一日清修向神的心。

我是一名神父，在我的教區已服侍三十餘年。今日我終於忍不住在我眼眶打轉的熱淚，滴在冷掉的咖啡裡，有種非常苦澀而鹹的味道。那是當我讀到義大利的一名年邁神父，拒絕教區信眾募款買呼吸器給他的故事。

取而代之地，他把珍貴的呼吸器送給教區一個年輕的生命。他相信這是上帝的旨意。而那正是愛。愛就是無私的奉獻和付出，面對即來的死亡也毫無懼色。

昨天深夜，敵不過病魔，他走了。我相信他回家了。回到愛的裡面，進入上帝的聖所。

那是一個地圖上都難找到的地方，找到了也很難發音的名字。那根本就是一個鳥不生蛋，極為偏遠的教區。呼吸器那麼貴，村民薪資所得那麼低。那麼，他們又怎樣肯捨得，已是阮囊羞澀，還要艱難地花上一筆事不關己的費用，給一個垂垂老矣的病患呢？

想到此處，我心中不由得大震。

那一定是一位非常慈悲的教士。因著他過往的愛，村民感念他的好，明知不可為而為之，搬空自己家的糧倉也要買一副最先進的呼吸器，為他續命，為他照見此刻人間僅存的微光。

他卻婉拒了。恰如其分地，他的婉拒，不證自明地敘說了，他正是這樣值得村民感念愛戴的人。一命換一命，以我的離開借換你的昇華，這是他對人間最溫柔的道別。

讀到這裡，我眼淚不停地掉，感念這個我前所未見，幾乎就是從布列松《鄉村牧師日記》電影裡走出來、既虛弱又高貴的一個靈魂。

我腦海回到另一個晚上，那是我身為一名教士，被渡化感召的神祕時刻。我從來沒有跟另一個人說過。

●

一個為死刑犯告解與祝禱的深夜。

他的名字叫康喜生。是個不信教，背棄了世界，也以為世界背棄了他的人。

他是一名鐵道員。在除夕大雪紛飛的晚上，人人歸心似箭，他卻已無家可去。茫然的康喜生，在當晚值班的最後一次例常巡邏，感到心灰意冷，就從懷裡拿出一盅烈酒，打開瓶蓋，小口小口地啜飲。

等他醒來，眼前的探照燈直射他的眼睛。他還不清楚發生什麼事，只聽到一陣哭天搶地的哀號，眼前遍地的血肉之華。

載滿整座城市的返家旅客，當夜最後的一班列車，為了閃躲酩酊大醉的康喜生，出軌發生嚴重意外。無家可歸的鐵道員康喜生，讓更多人永遠地無家可歸了。

過失殺人，值勤時飲酒，原本罪不致死。但因牽連甚廣，自悔自慚，康喜生主動要求法官處以極刑。

康喜生見到行刑前夕的神父時，想要告解，卻什麼話也說不出來，眼神比醉漢還要迷惘。他心中充滿了悔恨。他無法原諒自己。

狹窄的牢房裡，此刻傳來一陣如泣如訴的音符。無語的神父，為他播放一張幾乎無人知曉的專輯。因為此刻的他，早已不被聞問。

康喜生已經很久沒聽到音樂了。在獄中等待的日日夜夜，他早已忘卻人世間所有的美好小事。

「那是什麼？」康喜生覺得自己冰封的內心，有哪裡被碰觸了一下。

「梅湘的《末日四重奏》。」

「啊，末日。那不正是在說我嗎？」他全身都在發抖。

「梅湘創作這首曲子時，是一名集中營的戰俘。那是梅湘為時間的終結而作的偉大樂符。曲中充滿了愁思和叩問，有著最深沉的哀傷，卻也有最慈悲的寬容。一個在集中營的音樂家，看不到世界的盡頭，這使他心靈只好超脫了有形的牢獄，透過音樂，見證宇宙的生滅，也重新發現了愛。」

康喜生淚流滿面。

然而，明天就是上刑場的日子。

康喜生已沒有明天了。像那些集中營許許多多的囚犯一樣。

樂曲已快演奏到最後一個小節。

「梅湘的《末日四重奏》首演就在集中營。曲子演奏完的時候，沒有人拍手。所有人完全籠罩在這樣陰暗縹緲、卻又不時從裂縫中透入微光的性靈召喚之中。過了一會兒，才有人拍手，彷彿此刻任何一點聲響，都會破壞這瞬間生發的驚心動魄。」

末日之後，還能有什麼？萬物消融，時間已經終止，康喜生卻還期待著什麼。他起身謝謝神父帶來的這一段音樂。他已經沒有恐懼了。

●

隔日醒來，康喜生沒有走向刑場。

昨夜的神父並不是神父。那是法官假扮的身分，過失殺人是無法判處死刑的，何況康喜生從一開始就認罪，死刑是他自己求來的。再怎樣鐵石心腸的人，見著了他懺悔的神情，也不能沒有一絲感覺。

入獄已十三年，這夜他們在梅湘的末日中發現生命延續的可能。如同一個最珍貴的呼吸器一樣，要給對的人，給一個在心靈裡溺水的人，給一個看不見自己、以為世界站在對面的人。

康喜生在音樂中找到了活下去的理由，也找回了自己的名字：喜生，喜生，從來就是依賴著生命，喜歡著生命。

我找到自己的名字。我找到了他，尋回了生命。

我就是康喜生。音樂拯救了我。

出獄之後，我終於成為神父。成為一個也希望能夠拯救他人的神父。

像我今日早上在報上讀到的義大利神父一樣。

像我曾被愛引渡的那樣。

麥當勞謎片記

李茂興是我上大學的第一個家教學生，雖然是很久以前的事了，但生命總有一些充滿表情和曲折的歌曲，在你以為早就不記得的時候，給了你意想不到的線索。

雖說是上家教，但李茂興從來不讓我去他家上英文。

「謝謝陳老師啊。我們家李茂興很乖的，就是在家容易分心，讀不下書。陳老師您也不用太費心指導，就當作是伴讀。我一樣算您家教的費用，只要確保他不會亂跑就好。」

第一次和李媽媽通話，我就知道案情並不單純。說自己小孩很乖，只是不愛念書的父母，天底下何其多啊。雖然李茂興是我家教生涯第一個case，聽學長姐講過那麼多家教鬼故事，心知李媽媽話中有話。

「那麼李媽媽，我和茂興不在家裡上課，去哪裡呢？去麥當勞好嗎？」

「陳老師，您決定就好。只要讓茂興不要亂跑就好。對了，麥當勞東西隨便點，想吃什麼都可以。我請茂興結帳就好。」

●

第一次見面，我的猜測就落了實。茂興是個很特別的小孩。我從來沒看過有人薯條可以蘸那麼多番茄醬的。一根薯條一包番茄醬，我看麥當勞店員臉都要綠了，茂興卻說：「沒事，麥當勞老闆和我爸很熟，要幾包他們都不敢吭一聲。」

大快朵頤之後，我說：「那茂興你有帶書過來嗎？」

「老師我沒帶，那些課本上的東西我早就會了。不看也罷。」

這小子竟然這麼狂妄，自以為是天才嗎？如果真的都會了，還需要請家教嗎？看起來不給個下馬威不行了。

「那我考你幾個單字，看你是不是什麼都會。」

「隨便老師考啊！」李茂興眼神看起來相當挑釁。

我隨口講了幾個比較難的英文單字，要茂興拼出來給我聽，沒想到他每題都秒答。

這次換我詫異了，我再試幾個超出國三程度的單字，沒想到他也都能接上。

「唉唷，老師，這些都很無聊耶。我老早就會了。我們來聽卡帶好不好。偷偷告訴你喔，我所有英文單字都不是課堂上老師教我的，是西洋熱門歌曲教會我的。」

我還來不及回答，茂興就從口袋翻出 AIWA 的隨身聽。我的天，是大寫愛華。那是要我家教好幾個月才買得起的經典銘機耶！

「可是只有一副耳機，怎麼聽啊？」

「老師你很土耶。你都沒有把過妹的嗎？用這個啦，一轉二的音源分接線，我一邊，妹子一邊，不管聽什麼，妹子都會覺得你很酷。」

我瞪大了雙眼。我從來沒有想過這樣的事。我開始懷疑人生了。見面才不到半小時，茂興已經刷新了我的三觀，到底是誰在家教誰啊？

「可是這樣我會很不好意思耶。你知道你媽一小時給我多少嗎？七百耶。而且麥當勞還任我點，而我卻什麼事也不用做，在這陪你聽卡帶就好嗎？」

「矮油，老師你是在ㄍㄧㄥ什麼啦！我媽是不是叫你別讓我亂跑就好。」茂興眼睛看起來很賊。

「對啊。」

「那你知道為什麼嗎？因為如果我沒跟你在一起，我就會在外頭泡馬子啦。老師你要酷一點，不要像之前那些老師正經八百的，硬想要教我什麼，很快就被我氣走啦！」

我被他的話說服了。我很需要這份時薪七百的工作啊。

我永遠忘不了，從大寫愛華卡帶播放機流瀉出來的 Richard Marx〈Right Here Waiting〉是如此深情動人。哪怕一人一邊，我聽的其實只有單聲道，那卻沒有妨礙音樂直接衝擊我內心深處。

就在非常忘我的時候，沒接上耳機的右耳聽見了茂興的一句話：

「老師，I wonder how we can survive this romance 的 survive 是什麼意思啊？」

我靈機一動，原本以為這臭小子不讓我教他什麼，這下我可有東西可以教他啦。

「Survive就是活下去啊。可是survive this romance聽起來很怪對不對，什麼叫活過這場浪漫？這你要從歌詞上下文看才知道。你知道Richard Marx是寫給千里之外的愛人嗎？這是一場無望的遠距戀愛，所以一開始才說Oceans apart, day after day, and I slowly go insane，意思是說你我相隔兩地，遠渡重洋的思念，讓我快要發瘋啦。」

「看起來不容易，每天靠著電話談情，想要維持關係，難怪要說survive。哇，我今天學到一個新字耶！」

從那天開始，我就和茂興每週固定兩次在麥當勞碰面。茂興堅持上課不用課本，我只得let it be，帶了好多我珍藏的西洋流行卡帶，還把歌詞特別印下來挖空考聽寫，要他學這些我覺得上高中很快就會看到的實用單字。

●

那個夏天過得真快，我吃了好多大麥克，身材橫著發展，和女朋友分手也是剛好的事。

分手那天，我很難過，雖然不想告訴任何人，不知道為什麼，一看到茂興，我竟然在他面前崩潰了。

「老師，你真的很遜耶。天涯何處無芳草。只看人外表就輕易談分手的，恐怕也配不上我的老師你啦。」

茂興一邊說著，一邊從口袋又摸出一張卡帶。「老師我們來聽這張好不好。包準你聽完，什麼痛苦都沒有了。」

我沒有答話，眼光直瞄著那張沒有封面的卡帶，感到奇怪。

按下播放鍵的那一秒，我就知道完蛋了。真的是「完」蛋，如果你知道我的意思的話。

那根本不是什麼流行專輯，雖然一樣很肉聲，充滿大寫愛華播放機特有的溫柔韻味。到現在我都還是不好意思說，現在有謎片，那張卡帶，就是古早版謎片的聲音拷貝啦。

是說茂興怎麼會有這種東西呢？

「老師，你很遜耶！」茂興第三次重複他對我的挖苦。「老師，你不知道我家做什麼的對不對？我家開ㄅㄧㄥ館啦，不是嘴巴吃冰的冰館，是眼睛吃冰淇淋的ㄅㄧㄥ

館啦。」

剎那間，啥都瞭了。

原來這就是李媽媽不肯讓我去家裡上課的原因啊。誰在ㄅㄧㄥ館上課還有心學習單字ＡＢＣ呢？

原來這也是茂興總是看起來很海派的原因，自小就聽遍人間百事，早就沒在怕了。（等等，之前茂興不是說麥當勞老闆和他爸很熟嗎？那不就代表……難怪番茄醬拿整箱也不怕！）

這真是刷新我的三觀。雖然分手很難過，但有茂興這麼 juicy 的 mixtape，好像再有怎麼大的挫折，也沒有過不去的事了。

●

好景不常。聯考放榜後，除了英文還算高分外，其他科目簡直慘烈，茂興連一間像樣的高中都撈不到。

「老師，你很遜耶，把我教得那樣差。哈哈，開玩笑的啦，我要去念工專了啦。

這段時間謝謝你的幫忙，我們一起聽了好多很棒的卡帶，希望我在工專可以好好survive啦。謝謝啦，老師掰掰。」

茂興就這樣走了，那年夏天，來得快，去得也快，像極了愛情。除了茂興在麥當勞餐桌留下的一份禮物，和一張紙條：

老師，卡帶機我不要了。你一直很想要對不對？那就送你啦。我才不要像老師那麼遜，現在大家都在聽CD了啦，誰還在聽卡帶～～～

過去的景象，歷歷在目。親愛的李茂興，現在人在哪裡，我並不知道。也許工專沒念完，也許回家開ㄅㄧㄥ館，繼續他豪爽的海海人生。

只是此刻午夜的廣播又傳來Richard Marx的〈Right Here Waiting〉，不知怎麼地，我突然想起了這段陳年往事。

感謝生命中有這些小小的奇蹟，哪怕再怎麼無厘頭或不入流，在午夜夢迴的時分，都給了我們從往事汲取養分，繼續survive每一天的勇氣與微光。

All or Nothing at All

大林埔深山有一個白師傅，是個地圖上找不到，但巷仔內的行家都知道的傳奇人物。據老玩家的說法，只要你能在深山裡找到白師傅，你的機子就有救了。

玩音響的發燒友都曉得，「音響孤兒」最可憐。什麼是音響孤兒？就是那些前後任代理都不受理的音響器材。新的代理會說，「那又不是跟我買的，找我幹嘛？」如果你真的傻傻地去找舊東家，肯定吃閉門羹：「老兄，這廠牌我不代理很久了，況且你機子早就過保，看在昔日的情分，喝杯茶再走。」

如果你真的喝了那杯茶，那滋味肯定比最爛的手搖飲料還苦澀。因為在吞下苦茶的瞬間，你也吞下了眼淚，發現自己只能低價賤賣給二手商當「殺肉機」。只是明明昨夜還在夢裡深擁入懷的寶貝，今夜卻要賤嫁他人，怎麼會甘心？

這，就是白師傅進入我們故事的開始。

●

有關白師傅的故事，當真是三天三夜也說不完。據說史上把器材拿給白師傅修的最強奇遇，是發生在鴨仔寮的柯阿明身上的。

柯阿明常年有爬山的習慣，每次爬山他都帶上ZENITH古董收音機，這是他懷念亡妻的方式。柯阿明是個顧家的男人，卻沒有小孩，生活苦悶單調，唯一的慰藉是和妻子晚上忙完家事後，淡淡地煮一壺香茗，扭開ZENITH收聽愛樂古典電台。

其實柯阿明不太懂那些鋼琴和弦樂到底在做什麼，這和他平日上工會聽的維士比「福氣啦」的地下廣播電台完全不同。但他知道，妻子喜歡。妻子說那些音樂帶來奇特的安定力量，讓她感到宇宙之間自有一種秩序，維持了事物恆行的狀態。

柯阿明不知道的是，妻子空虛的卵巢渴求一種被理解的秩序，那是身體自己會知道的本能。求子多年，始終未能如願。剛開始他們為此沒日沒夜地爭吵，到後來進入冷戰，家裡陷入了無話可說、說再多也沒用的恐怖死寂。

直到有一天，柯阿明把「福氣啦」電台轉得太大力，轉過了頭，竟然收到霍洛維茲彈奏舒曼《兒時情景》裡的〈夢幻曲〉，妻子幾乎是一秒就落淚，空無的子宮有著空無的回音。霍洛維茲的琴音是那樣動人，在兩人的簡居小屋裡，透露出一點光。

妻子沒告訴柯阿明的是，琴聲結束的時候，她因假性懷孕而乾嘔。那種什麼也吐不出來的厭煩感，卻是她很久以來都沒有感受過的快樂。那種快樂，就像是春茶懷抱著季節裡第一道陽光的富足。那時，人生充滿可能，而夢想還未曾消滅。

這就是為什麼當白師傅無意間在深山的涼亭巧遇柯阿明，會為他眼神裡深邃的愛與落寞，感受到強烈的吸引。

那日山裡突然下起大雨，柯阿明的古董收音機吃水過多，終於再也唱不出任何一首讓他和妻子重修舊好的曲目。柯阿明腦海裡盡是那個西寧市場幫他改裝ZENITH的師傅最後說的話：「你這台老傢伙要改成電池供電、方便帶著走是可以啦，但要動大刀，對老傢伙可不是個好主意。下次重傷，恐怕無藥可救。你要想清楚喔。」

柯阿明早就想清楚了。生命中最長的一部分，都在爭吵中度過了，剩下那段比較美好的部分，那段和妻子假日爬山、晚上收聽愛樂電台的恬淡幽靜，是那樣有限。

都活到這把年紀了，如果他還能向什麼人乞討一點起碼的善意和「智慧」，那就是勇敢地做出這個決定，It is *All or Nothing at All*（〈一切或沒有〉，這是他和妻子在午夜的愛樂電台偶然發現的一首爵士老歌，演唱者叫做比莉・哈樂黛。主持人介紹哈樂黛時，還特別說是英文裡「假日」的意思。那晚他們為何破了例半夜還沒睡，因為那天正好是他們結婚三十七週年：一個愛情的見證假日）。他知道自己可能來日無多，現在就改成電池供電，從此就可以行動自如，把和妻子的回憶帶上山。

●

又過了許多日子，山裡下雨的時機終於來到，把柯阿明的故事打落在水裡，消滅ZENITH機內最後真空管的一縷明亮。

柯阿明根本沒注意到此刻他的身旁有什麼人經過，也就不可能知道這個未來會成為江湖傳說的白師傅就在他眼前，安詳地凝視他的心。白師傅畢生與破銅爛鐵的音響報廢品為伍，早就練就一雙火眼金睛，能夠馬上分辨什麼是能用的，什麼是不能用的。眼前這位男人已漸風化的身軀，讓他聽見休止符在遠方慢慢響起。但男人的心，像是一代 CD 銘機 Philips CD880 最寶貴的，號稱永遠不會壞的玻璃雷射頭，還在抵抗時光無情的刻蝕。

他不知道柯阿明的故事，但直覺他肯定是哭過、恨過、愛過，用生命換取生命的彼岸探求者。因為他的心還在發出強烈而奪目的雷射激光，像是一種肯認，一種訊息的發射和乞求回應，像是在說：我還在這裡，沒有走掉，哪怕 ZENITH 收音機注定今天就要被雨水引渡而去，對你的思念，還在發出天線不穩定的滋滋聲，永遠不會停息。

ZENITH 壞了，但白師傅卻清清楚楚聽見它發出的微弱電波，那是兩個寂寞的靈魂在漂泊的人世中，終於找到一瞬間對頻的共振。

白師傅聽見了柯阿明的心。縱使此刻外頭雷雨大作，也無法掩蓋這個無聲的宣言。那是在機器／肉體凋零後，也會持續輾轉的一曲訴衷腸。

柯阿明不知道是怎麼走出那個山林的，甚至連自己怎麼猶似失而復得，把肯定壞掉的收音機完好如初地抱下山來，也不甚清楚。除了對方「白白的，好像輕飄飄沒有形體」和請他「入室喝熱茶，機器待會就好」之外，當夜的雨，當真是夜朦朧鳥朦朧，把他的記憶也吹散了。

我們只能依憑自己的想像，在心中刻劃這個如《魔戒》白袍巫師甘道夫的人物，究竟是施展了怎樣的魔法，讓古董收音機起死回生，也讓柯阿明懷抱著對音樂的眷戀之情，顫抖地告訴我們這一切不可思議的經過。

自此，大林埔的深山出了個「白師傅」。其實根本沒人知道他姓什麼，只知他來無影、去無蹤，像雪夜裡的白光，孤獨地指引回家的方向。如果你是無心的人，縱使抱來千萬音響器材，打開所有真空管，放出強光，也肯定找不著他，更聽不見那一條隱無在所有故事裡的弦外之音。

那絕非你太年輕，不相信老人的山神之說。

那僅僅只是因為，你不懂愛。

喔，親愛的，你還不懂愛。

Chorus ——

轉錄心跳聲給你

是什麼時候我們都老到忘了有KTV這回事，老到沒有動力去KTV，或是點歌怕那必然的尷尬；如今的你，甚至不知道排行榜上的歌是什麼。於是老到只能在家裡追劇或看著YouTube的老歌，自己邊唱邊掉淚，在每個午夜夢迴、翻身難以成眠的晚上，覺得世間這樣大，可是自己卻這樣地寂寞。

夜夜如此，無所不在的消磨和生之焦慮。

因為還不懂怎麼說想你，我開始在荒夜裡寫下故事，期待你看見，期待你不只是看見。

你在那裡，我在這裡。

光是確認了這一點，我終於感到一種接近幸福的東西；

愛你這件事，永遠都像最後一次初戀。

與自己的悲傷再一次相遇

早上一醒來，打開郵件，就接到了「親愛的貴賓，我們已關閉你的 Dropbox 帳戶」的通知。

已經有多久沒用 Dropbox 了？我試著在心裡回想，最後一次存取 Dropbox 是怎樣的情景。那裡面還有什麼檔案、什麼照片、什麼音樂，我不太記得了。還有什麼未被存取，也未被解讀的心事，都永遠在終端機那頭被無感地刪除了。

其實我記得，只是我不想承認，我有一個和 Jessica 共用的資料夾。

Jessica 是我在古物市集遇到的女孩。那天下午的市集很熱，她的微笑很陽光，手裡提著一台 Sony Boombox 顯得特別不合時宜，也就格外引人注目。

我們原本遠離的目光此刻突然有了交會的可能。眼前的老木櫃上擺著一卷羅大佑的《之乎者也》卡帶。

她的手比我還快，拿起卡帶，看了又看，最後還是放了回去。我什麼都沒有，我窮得只剩下錢。我知道眼前的這張卡帶很貴。她端詳卡帶的神情是那樣地專注，在離開之後又不斷往這頭看來。她還是下不了決心。我為她下定決心。三千元的《之乎者也》對我來說，也不算什麼。

我在市集裡的隨行咖啡座裡找到了她。把卡帶交給她。她眼裡都是淚。

她婉拒我的善意。她不能收。她只希望，能夠用她的那台手提卡座，放出裡頭的《鹿港小鎮》給她聽。

鹿港是她的原鄉，她青春的所有美好回憶。後來家園遷徙了。她所有朋友都在歲月中不斷消失，她在城市裡找不回那樣的愁思繾綣。有天，她回到鹿港的巷弄裡，卻也回不到那樣的舊日時光。

市集很吵，大家都用奇怪的眼神看我們用奇怪的機器放奇怪的卡帶。

她不在乎。她一點也不在乎。

她在音樂中忘了全世界。她在遺忘中重新想起那樣年少的自己。

後來我們分開了。她沒有帶走我的卡帶，卻帶走我的名字，以及一個未知的，Dropbox 的共享空間。

我說卡帶不好意思收沒有關係。但妳的眼淚是那樣地真心，親愛的 Jessica。

親愛的 Jessica，讓我把卡帶轉錄給妳，好嗎？

親愛的 Jessica，讓我輕輕地把妳的眼淚擦乾，好嗎？

從那天開始，我在網路上瘋狂地分享轉錄的卡帶給她。轉成數位檔的音質少了類比的情懷，上傳 Dropbox 又被壓縮了一半音質，她並不介意。

她就這樣包容我所有未經矯飾的存在。

我們共享的空間愈來愈大。我們的樂曲愈來愈多。我們不在一起的人生愈來愈豐富。

直到有一天我發現她放上去的歌，我都存取不了。我不願意相信，什麼都沒說，她就從記憶中把我抹去。

她怎麼了？
發生意外了嗎？生病了嗎？希望不是。
遇見一個更真心值得對待的人？但願更不是。

她就這樣消失不見了。
我在不眠的夜裡丟上去的檔案愈來愈多，寂寞卻沒有減少。

今天，Dropbox 把我的音樂全部刪除了。只留下一終端機上的虛擬帳戶，像一個從未打開的盒子。

一個空空的盒子，就在那裡。
此刻的我，與自己的悲傷再一次相遇。

All Blues

你是每天都要來一杯手搖飲才會感到幸福的人嗎？

手搖飲其實沒有你想像中的罪惡。就算每天來一杯超商味道不怎樣的咖啡，也不需蒙受「省下這一杯，就可以存下買房的頭期款」的壓力和惡名。

當然所有的健康管理大師或精算師都會告訴你，把省下的錢換成等值的好茶葉或好咖啡豆，是個更聰明的做法。但偏偏你就是要來一杯手搖飲，冰冰涼涼的，炎炎夏日裡，有點甜也不會過分甜的茶水，讓自己感到起碼的存在意義。

寫到這裡，突然想到曾經紅極一時的英國藍。據說當年男孩看見心中的玫瑰，都會下重本，去買英國藍的高價茶飲。其實女孩們不一定要喝貴參參的英國藍，但那是個象徵，一個定情的指涉，一份我願意、我辛苦、我晚上打工這麼久只為你，一種感受得到的愛與溫柔。

●

陳定繁生平第一次喝到英國藍，被那特有的香味所震撼。從那時候開始，定繁常常自己捨不得喝，省下午餐錢，買給鄰座的曉芝喝。

她的眼睛充滿異樣的神采，充滿藍。不是憂鬱的那種藍，是甜蜜心事的微風與山嵐。

兩年又兩百五十七天，英國藍女孩喝了定繁兩百三十二杯的手搖飲。那是青春的味道，代表著男孩的慎重和懇切。

兩百三十三杯的時候，男孩和女孩在大學的窄門前，一度相遇後分手了。夏日仍然炎炎，只是兩人再也不見。

男孩始終有一點恨。不知道為何她頭也不回，而他還在這裡苦苦守候。許許多多的夜，深埋心裡頭的疑問總是讓人神傷：兩年又兩百五十七天，究竟她真的愛過我嗎？

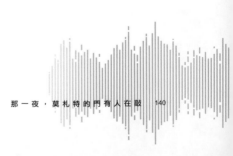

滿滿的疑問，卻沒有答案。

寂靜的黑夜，傳來孤寂的回聲，就好像在說，從來只有喜歡沒有愛。

從來只有喜歡沒有愛。

過了幾週，報紙大肆報導，那兩百三十二杯高價飲料，含有農藥成分過高的茶葉。男孩心裡滿是傷懷。茶裡添加那麼多不明物質，她怎麼那麼愛喝呢？

後來的事，你都知道了。

台北西門町一家英國藍，據說才加盟不到一週，就受假茶葉牽累，倒閉了，成了台灣最後一家英國藍。

英國藍。很藍的藍，藍調的藍。

●

今天定繫在金瓜石一家不起眼的茶莊喝茶，耳機傳來 Miles Davis 的《Kind of Blue》。

定繫從來都沒有喝過這麼好喝的茶。要不是來此獨自旅遊，漫漫的山路走得久了，卻苦無手搖飲可喝，他壓根兒不會想到來這裡喝上一杯貴參參，卻是貨真價實、香醇至極的東方美人茶。

在那一瞬間，女孩出現在他面前，端出剛沏好的茶，給另一個包廂的客人。他看見了她，她卻沒有發現他的存在。

原來曉芝是金瓜石茶莊的女兒。

交往兩年又兩百五十七天，曉芝從來沒有交代過她的身世，除了每天含情脈脈地看著定繫。送她回宿舍的時候，他總是不忘替她帶上一杯英國藍。

英國藍，不是藍天的藍，是憂鬱的藍。像極了Miles Davis音樂中，那種想衝破心靈孤寂的自由之藍。

然後他領悟了。女孩並沒有不愛他。

兩百三十二杯又甜又充滿香精的高價飲料，小口小口地喝，滿懷感激地為你喝下辣口的毒藥，就是我愛你的方式。

因為愛你，所以不讓你知道。
傷害裡原來有溫柔。
此刻山城的黃昏正美。杯中的茶，喝到最後一口。
而女孩就要走過來收拾了。

熱辣辣地，定繁感受到臉上有什麼比燙嘴的東方美人茶還要燒燙的東西。鹹鹹的。癢癢的。

夕陽就在天邊，挑逗著地平線，不肯落下。Miles Davis 的小號，正吹到〈All Blues〉的最後一個音符。

而女孩就要走過來了。
女孩就要走過來了。

純情青春夢

男人不理解女人為什麼總是出門前要磨菇那麼久。他心想，不過就是出門吃頓飯而已不是嗎？怎麼搞成打扮比吃飯還重要？

女人不理解男人為什麼一支手機、一雙拖鞋就可以輕鬆上大街，皮包裡怎麼可以沒有讓自己感到安全的那些小物事：一包面紙、一本輕小說、好多張悠遊卡、隨身修容組。

男人說，妳婆婆媽媽，做事不乾不脆。女人說，你就是太有男子氣概。你都不懂我在想什麼！

好不容易，他們準備開車出發，車子卻拋錨，天冷發不動。

這是一場必須赴的約，他們最後叫了計程車。

司機勇伯早就看慣了這種場面。身為司機，他知道自己最好安分守己，不要多問，哪怕後座乘客發出很奇怪的聲音，也不要回頭看。

不過他就是控制不了自己。

前幾個月小陳才因管太多，被乘客隨身亮出刀片恐嚇，雖然保住了小命，皮座椅套卻被割了好多道深深的傷口。車行叫小陳自己吞下來，都是時機很差的年代，沒什麼人要坐車了，最好不要再鬧出什麼關於運將不好的社會新聞。哪怕根本就是對方理虧，車行還是傾向息事寧人的態度，讓勇伯心裡很不是滋味。

勇伯還記得有一次，後座發出非常詭異的聲響。回頭一看，乖乖不得了，原本以為是正義感富足的男子，剛剛不是還很人模人樣，把隨行醉倒的女伴溫柔地攙扶上來嗎，怎麼這當兒全不是這回事？他雙手上下游移，雖然夜色低垂，勇伯還是看得很清楚。

沒錯，他就是在幹那檔見不得人的事。勇伯靈機一動，不露聲色地把車子開到警察局。那晚勇伯入睡前是非常快樂的，女孩酒醒後充滿感激的樣子，那個眼神他一直記到現在。

這就是勇伯的真面目。一個行走都市、急公好義的霹靂遊俠。這晚他見著了這對夫妻，感受到他們之間的強大負能量。他又控制不了自己。

空氣中有種非常尷尬的感覺。

女人受不了。女人說，司機先生可以請你放音樂嗎？廣播也好。

有時音樂是最好的藉口。而有時音樂比藉口更好，可以是人生某段切面的救贖。勇伯突然想起副駕空著的座位。

「放卡帶好嗎？我這台老爺車還有卡帶喔！」還沒等他們回答，勇伯就自行放了卡帶。有些婉約、低迴的哀愁女聲飄了出來。

潘越雲的〈純情青春夢〉。

女人和男人同時瞪大了眼。什麼卡帶？那不是很老的東西嗎？現在別說卡帶了，很多新式出廠的高檔轎車，連CD也不能放。

不知怎麼地，女人想起了很久以前，老爸的車上也會播放日本演歌，那些歌謠她根本不懂，但曲子總是記在身體裡，後來長大，發現鄧麗君翻唱過許多老爸當時愛聽的演歌。女人還以為褪色的卡帶音質肯定磨損不堪，真是奇怪，多年以後，今夜在車上再次聽到卡帶的聲音，心中湧起一陣溫暖，一點也沒有老舊的感覺。

勇伯說：「這首潘越雲的曲子，是我老婆最喜歡的歌曲喔！」

男人知道潘越雲。男人小時候也聽過卡帶。但他不喜歡那種不精確的聲音。他不喜歡拖泥帶水、婆婆媽媽的聲音。但是黑暗的車上不開燈，三人不說話，聽著音樂，竟然把歌詞聽得入心，聽得一清二楚，這是他平生沒有遇過的事。

那歌詞是這樣唱的：

送你到火車頭　越頭阮欲來走　親像斷線風吹　雙人放手就愛自由飛
毋是阮毋肯等　時代已經無同　查某人嘛有家己的想法
甘願是毋識等　較贏等來是一場空　想來想去同款　辜負著青春夢　青春夢
唱歌來解憂愁　歌聲是真溫柔　查某人嘛有家己的願望

潘越雲的歌聲好嘹亮。黑暗中像是指引的光，當他聽到了「毋是阮毋肯等／時代已經無同／查某人嘛有家己的想法」，全身震了一下。

黑暗之中，勇伯說了話。

「當年我老婆最愛唱這句給我聽，那是我在離島當兵的日子。她說很多現代女性追求自己的一片新天地，不一定兵變移情，很可能只是為了工作上的成就，決定以渡口為界，送你就送到這裡。

「毋是阮毋肯等／時代已經無同／查某人嘛有家己的想法……唉，每次聽她唱到這一句，心裡就有好多感受。她說她打從第一次看到我，早就認定是我啦，哪怕是抽到金門下下籤，也要牽手等我回台北。說再白一點，她當然像潘越雲唱的，查某人嘛有家己的想法，而她的想法很簡單，也從來沒有變過。她的想法就是我，一輩子跟著我，哪怕前方的路再長，而夜再黑，她的青春就是我的青春，因為我的夢就是她的夢。」

勇伯說到這裡，眼淚不爭氣地掉了下來。

那麼黑的夜，男人和女人因為出門的事，相敬如冰，形同陌生人，卻同時為了這個好美的故事深深感動。

男人回首來時路，心想：「唉，想我這一生也沒有什麼成就，她卻從來沒有說我一句。她從來沒有離開過我，嫌棄過我。我卻只為了出門多等她十分鐘，不諒解她的想法和需求，真的很不對啊。」

女人思緒則是飄到了更遠的地方，想起更久遠的以前，曾經有一個愛她的大男孩是那樣全心全意只想對她好。然後路走著走著，不知為何，他們就散了。他們還是從前的那對戀人，除了已經很難感受到體諒，和毫無計較輸贏得失的愛。

男人覺得自己很不好；女人也覺得過意不去。老式卡帶不斷地播，潘越雲的聲線，可能因為掉磁粉的關係，顯得模糊，但他們之間的親密輪廓，才開始要慢慢鮮明。

●

車過台北橋，再過幾個彎，就快抵達他們要到的康福飯店。

這是一個不能錯過的約會。

兩人原來是班對，今晚是大學同學畢業二十五年後的第一次重聚。

「彼時的我多麼老啊，而現在的我多麼年輕。」巴布．狄倫曾經這樣唱著。男人突然想起來，那年夏天，他就是在大學走廊上，聽見她戴著耳機哼著這首歌，然後他跟著她唱了下一句，兩人都有一見如故的感受。

原來音樂早在他們相識之初，就已經賦予全新的意義。雖然像是狗屁不通的話，「彼時的我多麼老啊，而現在的我多麼年輕。」（I was so much older then. I'm younger than that now.）下車的時候，他們已非剛剛出門時冷戰的男人女人了。因著勇伯的故事和潘越雲的歌曲，他們拋去了剛剛對峙的自我，一洗陰霾，非常幸福。

就像年輕時一起做過的夢那樣。

生命也有舒伯特難以言說的時刻

王永銘是一個很容易緊張的人。

其實他用不著那麼緊張。他不是沒法把事情做好的人。他只是怕自己沒法把事做好，先擔那個不必要的心，然後自己掉入預想的陷阱，等回過神了，事情就真的搞砸了。

就拿最近這一次面試來說好了。其實他外語能力好，長得俊秀，學歷也相當耀眼，這個應徵的職位，十拿九穩會是他的。但王永銘偏偏看到上一個從面試房間走出來的人，非常眼熟。

人生總有這樣的時刻，想了很久，明明就覺得要從嘴邊說出來的名字，偏偏無法正確地在腦海裡找到那個相對應的抽屜。

等到王永銘被叫進去面試的那瞬間，她的名字不知怎麼地，突然非常清楚地顯現在心靈的背板上。

王永銘覺得有一點恨。

不是惡意的恨，而是那種當女孩的名字被召喚的片刻，所有關於青春的回憶都被重新翻攪了一遍，雖然痛苦並快樂著，卻還是有一點恨。

●

她的名字叫林儀屏。林儀屏是每天公車上和他一起上車的女孩。

他讀男校。林儀屏讀女校。每天一起上車，但王永銘的高中要在下一站。他每天都看著林儀屏和擁擠的人潮，走進充滿杜鵑花的那個校園。

七點二十分，充滿杜鵑花的學校會播放舒伯特的《鱒魚》，非常優美，一如青春。

每天公車上都那麼擁擠，他不在乎，更不覺得自己一定要坐到位子才舒服。王永銘覺得自己像是護花使者一樣，他總要看著她慢慢走進校園，從窗外聽見音樂響起，才會真正感到安心。

這些內心的小劇場和泛潮紅的心緒，林儀屏當然都不會知道。要不是因為在公車上發生了那件事，王永銘可能永遠不會知道她的名字。

●

一個下雨的清晨，林儀屏和他如同往常，上了公車。

如同沙丁魚的公車依舊如同沙丁魚，並且因為下雨的關係顯得潮濕，帶有腐敗的腥味。就是在那個時候，王永銘看見穿著一樣制服的男生，年級槓多他一槓，身體不斷地向林儀屏靠近。

林儀屏顯得非常不自在，像是在忍耐著什麼。

然後他看見了。學長趁亂摸了女孩的腿。

他沒有說。

他只是很緊張，而緊張只會壞事。

林儀屏也沒有說。在那個年代，沒有女孩會說的。

她們知道，說了也沒有人相信。

七點二十分，《鱒魚》一樣快樂地響起，可是有句話不是這麼說嗎？「生命中，也有那種連舒伯特都難以言說的時刻。」他想，這就是了。

那個下雨的早上，王永銘在對自己無能的恨之中，依舊目送林儀屏到那個充滿杜鵑花開的校園。天空下起雨，林儀屏沒有帶傘，撐起了外套，想要抵擋此刻世間無情的淚珠。

隔天早上，他們照常上了公車。當天林儀屏要到第二節下課，才發現書包外側的小口袋，有一張摺得很好的信條，上面寫著：

我都看到了。我每天都和妳在同一站坐公車上學。我長得很普通，妳大概不知道我是誰。不過那沒有關係。我只是想跟妳說，對不起，沒有在當時出聲。我太緊張了。

林儀屏心跳得很快，結果第二節要拿去蒸的便當，也忘了拿出來。

那天中午，林儀屏吃的便當很冷，心卻很暖。

那是些許的善意，夾雜著男孩的懺悔，在烏雲密布的夏季午後，帶來一點撥雲見日的清澈陽光。在這廣大寂寥的世間裡，林儀屏第一次發現到，有雙眼睛是那樣在乎她的。

不過林儀屏除了感到被珍惜之外，卻什麼也沒做。

她有種近乎羞恥的奇特想法。如果她回應了男孩，那就代表自己當時的確被人趁機吃了豆腐。可是她沒有說，她自己也沒有為自己站出來。

林儀屏對那樣無能失聲的自己，感到非常羞恥。

不知為什麼，原本感受到甜蜜的她，此刻對男孩有了一點恨。她恨他為什麼會緊張，明明看到了，卻什麼也沒有說。她恨他為什麼要寫這封善意的字條，提醒了她其實非常想忘記的昨日清晨。

然後最恨的是，林儀屏恨那樣的自己，竟然在男孩表達溫柔的、近乎告白的懺悔之後，有了這麼一點恨。她自己都不知道為什麼。

到畢業之前，公車上的兩人沒有搭上一句話。王永銘也從來沒有收到任何回應的信條。除了那年台南市的五校聯合文學獎，他讀到了一篇在公車上的短篇散文。

那篇文字非常優美，美得像每日清晨充滿杜鵑花開的校園，在七點二十分會準時播放的舒伯特《鱒魚》第三樂章一樣。

優美的文字，卻夾雜著一點波濤洶湧的恨。如同森林情景再怎樣愜意悠閒，鱒魚在最後一刻，仍然要流入網裡，被人吃掉。男孩讀了得獎文章上的名字，上面寫著：林儀屏。

這是王永銘對林儀屏的最後印象。

杜鵑花開花落，過了多少年。沒想到每個清晨都一起上車的兩人，竟會在最不應該的地方，重新遇見對方。

面試的錄取名額只有一名。他不知道自己會是被吃掉的那隻鱒魚，還是音樂裡，最後把魚撈進網裡的人。

王永銘很緊張。而除了緊張之外，他也有了一點恨。

他恨自己那時什麼都沒做。沒有出聲制止同校學長，事後明知學長在哪一班，也沒有勇氣和他對質。他只寫了一封看起來很兩光的信，期待對方有所回應。

除了五校聯合文學獎的那篇意有所指的散文外，他和林儀屏最靠近的連結，竟然只是這樣一條細微的線。

這樣細微的恨。微不足道，卻深深地烙印在兩個人的心靈一輩子。

當他終於想起青春的那一個早上到底發生了什麼事，他卻徹底忘懷自己所在的現場。面試仍在進行，王永銘這時卻不緊張了。

他起身向三位面試官行禮並道歉。他說：「我想我無法再進行這場面試了。不好意思，耽誤你們寶貴的時間。」

他們都驚訝無比。因為帳面上看來，他是這個職缺最適合的應徵者。只要他好好回答幾個公式化的問題，諸如「你真的想來這裡上班嗎」，或「你希望的薪水如何」，明天他醒來，就可以直接來這上班。

「把這個職位給前面的小姐吧。她叫林儀屏對不對？很久很久以前，我曾經讀過她得獎的一篇散文。那樣的文字操控能力和膽識，世間少有。這個新聞編輯職缺，需要這樣的才華和勇氣。我想她比我更適合。因為我沒有才華，也沒有她的勇氣。」

說完，王永銘轉身就要離開。

一位面試官出聲說，「很可惜的是，林小姐已經婉拒了這個職缺。現在我們認為你是最適合的人選。」

王永銘不敢相信自己的耳朵。「可是，為什麼呢？」

「因為剛剛離開的林小姐，也對我們說過一樣的事。在這個世界上，她說，你才是最有勇氣面對自己的人。」

老派的約會

邵嘉明總喜歡在圖書館待到關門才走，這不是因為他非常用功，純粹是因為他無家可回。

說無家可回或許有點太誇張。不過真相也不過就是那麼一回事。一個成天酗酒的老爸，一隻快死掉的老狗，媽媽早在他上小學時就和紡織廠的貨運司機跑了。

換作其他同樣遭遇的少年，很可能早就誤入歧途，流連網咖，結交一些不好的朋友，邵嘉明卻能潔身自愛，以圖書館為家，其實只是因為，同班同學林姿萍每天都會按時在那出現。

邵嘉明國小就認識林姿萍了，但國小整整六年，他每次看到林姿萍就不由自主地臉紅，心跳加速，以至於他根本沒有什麼機會好好跟林姿萍說上一句話。就連六年級有次在走廊上不小心撞到林姿萍，害她飲料沒拿好濺了全身，他連句對不起都說不出來。

那天下午，陽光灑落在林姿萍初熟的身體，因為飲料弄濕了白色制服，若隱若現的美好祕密，就這樣成為大家目光的焦點。邵嘉明知道林姿萍肯定恨死他了，因為他不僅在事發當下什麼也沒做，事後也沒能做些什麼，他感到非常巨大而深切的愧疚。

從那天起，邵嘉明就決定成為林姿萍的小天使。他知道林姿萍會每天來圖書館報到，而她有個固定喜歡的二樓靠窗座位。嘉明會想辦法幫她占位子，例如一下課，晚餐也不吃就衝往圖書館搶那個位子，等到從窗戶看見她走來再躲開。林姿萍從來不知道自己的好運，是仰賴一個傻瓜的贖罪和善意。

後來事情就一發不可收拾了。邵嘉明會在她的桌位上，放些女孩喜歡的飾品什麼的。林姿萍慢慢了解到，身旁有這麼一個護花使者，真心想要對她好。每天上圖書館，她都懷抱最美好的期待。少女情懷總是詩，她喜歡那種被關注的感覺。

「這個男孩到底是怎樣的一個人呢？」她心想。她知道這個藏鏡人不願出面，她拿出小紙條，開始寫字給他，藏在桌角一個別人都不會注意到的隙縫。

其實是一個很大膽的賭注，林姿萍如何能確定這個藏鏡人一定會發現小紙條的存在呢？其實也沒什麼，她心裡頭有個非常篤定的直覺。林姿萍知道對方一定會發現這些她刻意留下的線索。

第一天晚上，字條上寫著：「謝謝你的小禮物。」果不其然，林姿萍心中的預感應驗了，那個縫隙中也出現了一個精心塞入的紙條，上面寫著：「謝謝妳的喜歡。」

林姿萍高興極了。那是一個沒有 WhatsApp 和 LINE 的年代，這種「飛鴿傳書」的消息傳遞簡直龜速。可是正因為緩慢，才顯得情深意切。世間最幽微的戀曲，總是發生在寄出和等待回信的那段輾轉反覆的少年遊。

就這樣，最老派的約會，在圖書館的角落和角落之間慢慢升起狼煙。那些字條從最簡單的問句，慢慢進化成生活點滴的分享。這就是邵嘉明為什麼總是最後一個離開圖書館。他每天都得小心翼翼地躲過所有人的眼線，在林姿萍固定使用的桌上，找出並輕巧地藏入他那溫柔的心。

你問林姿萍難道不想知道這個藏鏡人是誰嗎？如果真想知道，只要施點小伎倆，假裝離開圖書館然後躲在什麼地方偷看，謎底自不難揭曉。但林姿萍寧可保持現狀。這樣很好，這樣就好。她非常滿意，生命裡有人這麼在乎你的感覺。

然後有一天，她發現隙縫裡沒有紙條。取而代之的，是一張精心繪製的袖珍藏寶圖，地圖上標誌了寶物的存在。林姿萍完全不知道寶物是什麼，但地圖上的指引看起來實在非常有趣。她亦步亦趨，又是上階梯，又是轉了好幾個彎，才在地下室茶水間布滿蜘蛛絲的牆角，看見那個地圖主人留下的祕密。

一張卡帶。

這張卡帶並非市面上發行的任何專輯，而是一張手工打磨、曠日費時才得以完成的 mixtape。

林姿萍根本不知道卡帶裡到底轉錄了哪些歌。她掩不住好奇，把卡帶拿回座位，用那個老爸買給她練習空中英語教室的頂級索尼隨身聽，緩緩放出裡頭的音樂。

一開始放的時候，林姿萍一頭霧水，這些歌曲都不是同一個人唱的啊。有輕快的曲風，也有惆悵的呢喃，這到底是怎麼一回事呢？

就在此刻，她發現卡帶內殼有張被摺得很精巧的小紙，上頭的英文字跡非常工整。定睛一看，原來是按照順序編排的歌曲名字啊。

A面只有四首歌：

Sweet Caroline

I Left My Heart in San Francisco

Love Me Tender

You Are My Sunshine

B面則只有一首：

Sorry Seems to Be the Hardest Word

讀著曲名，林姿萍馬上就掉下眼淚了。第一眼她就看出來這五首歌的祕密。原來A面是藏頭詩，取這四首的第一個字，就是 Sweet Caroline, I Love You。而誰是 Caroline 呢？她的英文名字就叫 Caroline 啊。

這果然是一卷示愛的混音帶。

「那麼他為何要費這麼大的力氣來告訴我這件事呢……」林姿萍心想。然後她看著B面只有一首歌，覺得奇怪，嘴唇再度念了一次：

Sorry seems to be the hardest word.

剎那間，她懂了，她全部都懂了。B面並沒有密碼，更沒有藏頭詩，B面的這首歌，本身就是訊息的全部內容：「抱歉似乎是最難說出口的話。」

這個藏鏡人是不是她認識的人呢？過去曾經犯了錯，這段時間的守護，就是他真摯的青春贖罪。

林姿萍想不起誰需要向她道歉。她搜索枯腸，百思不得其解。

然後她底心慢慢回到了那個遙遠的下午。林姿萍心中此刻清楚浮現了，那個曾經撞倒她，連一句道歉也沒說就走掉的男孩身影。不知怎麼地，總覺得他老在回望，有時在公車上不期而遇，有時在走廊擦肩而過。

還有那麼一次，天空突然下起雨來，沒帶雨衣的林姿萍心想不妙了，回頭竟然發現書包裡出現二十元的輕便雨衣。出校門後，僥倖躲過雷雨的她，卻發現前方快跑的男孩，身體都被這場午後的無情雨打濕了。

「會是他嗎？」林姿萍不敢相信自己的感覺，卻又隱隱約約地，感受到這樣的猜想必定是真的。

每個女孩生命中是不是總有這樣一個男生？常常看到他，他卻好像不願跟妳說話。以前覺得他臭美，或是討厭妳，嫌棄妳，長大後才發現，那些看似負面的表示，往往有溫柔的尾韻。

她其實早在心頭原諒他了。林姿萍聽完B面只有一首歌後，突然有個想法。畢竟B面空白的部分還有那麼多。

她要把自己的心情，也用歌曲轉錄的方式告訴他。然後他們就會在世間最美好的音樂中，再度相逢。

關於這一點預感，林姿萍很確定。

她從來都沒有這麼確定過。

今夜女孩不歌劇

我有一個朋友琳恩，什麼音樂都聽，來者不拒，搖滾可以，爵士可以，古典可以。就是不聽歌劇。

你知道，歌劇的票都很貴，華麗的排場、變換的戲服、旗艦的製作，要搶到好位置，票價都不是省下一餐兩餐可以解決的。但你能拿琳恩怎麼辦？就算你買到好位置，花錢請她去看，她也沒有興趣。

後來我才發現她的祕密。

原來琳恩不是不喜歡歌劇，而是自認為聽不懂。從小就聽老爸的黑膠，那裡面有著名的詠嘆調，有帕華洛帝的《公主徹夜未眠》，有卡羅素的《我的太陽》，有卡拉絲的《聖潔女神》，可是聽不懂就是聽不懂。「真的聽不懂。」她說這句話時，很真誠，也顯得很苦惱。

於是我跟她說了一個故事，Lois Kirschenbaum 的故事。

●

Lois Kirschenbaum 居住在紐約東村的貧民區，每週僅僅是靠著微薄的接線生工作獲得溫飽。經濟最困頓的時候，常常連一杯咖啡的錢也得賣力存下來。不過她並不氣餒。光是懷抱著希望和信念活下去，就足以支撐她走過每一個沒有星光的荒蕪夜色。

詩人 Emily Dickinson 說：「希望是長著羽毛的事物。」原來 Lois Kirschenbaum 是個超級歌劇迷，雖然常常只能買到最便宜的入場券，來往歌劇院也只能靠地下鐵和公車，但因著對生命的熱愛和希望，讓她就好像有了雙隱形的翅膀。哪裡有歌劇，哪裡就是她心靈飛翔的地方。

餓得連麵包都沒有的時候，Lois Kirschenbaum 會央求在歌劇院工作的朋友，讓她從側門溜進去聽。經年累月下來，她留存了數量極為龐大的樂手簽名和照片。她的朋友 Carl Halperin 說，她就是紐約五十五年來保存最好的時光膠囊。這句話一點也沒有誇飾，因為超過半世紀以來，一年裡 Lois Kirschenbaum 有三百個晚上都獻身在歌劇院或其他藝文場所。

歌劇圈裡開始有個聲音：「演出後被 Kirschenbaum 找上，才算是真的到過紐約。」就連次女高音馮．史塔德受訪時都說，被 Lois Kirschenbaum 要簽名是「一種特殊的恭維」。

Lois Kirschenbaum 的故事逐漸傳開來。許多人聽歌劇只是為了殺時間，而她聽歌劇卻忘了時間，彷彿在歌劇深情的詠嘆調中，她才能感受到存在的意義。

故事說到這邊，眼淚在琳恩的眼眶裡打轉。

對於 Lois Kirschenbaum 來說，聽不聽得懂歌劇，那些由義大利文寫成的歌詞有沒有被翻譯，一點也不重要。歌劇早就是她人生最根本的構成了。許多人聽歌劇是為了欣賞音樂的美好，而 Lois 每晚上歌劇院，不辭辛勞，無畏風雨，是為了實踐人生。

我偷偷告訴琳恩，其實我也很少聽歌劇，琳恩破涕為笑，有種共謀的安心感。「怎麼可能？」她說，「我還以為你什麼古典樂都聽。」我誠實回答：「我很少聽『唱片裡的歌劇』。」

歌劇不是有影像的音樂。歌劇的靈魂是故事主角的愛恨情仇，那些剪不斷理還亂的糾葛、那些國破家亡的蒼茫天問、那些痛到心裡的苦楚還得繼續走下去的人性昇華。而這些，就算是用了超昂貴的發燒音響系統，也很難完整重播。

「歌劇一定要用看的。」我直截了當地說。

歌劇要用全身去感受，盪氣迴腸之處，情牽難捨，那得牽引你每一吋肌肉，動員每一個毛細孔。

我告訴琳恩，最近衛武營有威爾第最成熟的歌劇《唐卡洛》要上演。這部歌劇之華麗，幾乎前所未見。近三百套傳統宮廷華服、千套道具配件，就算在國外，都很難得聽聞如此豪華的手筆。

這麼說你就知道了。愈是華麗，愈見蒼涼。那些令人目不暇給的場景調度，原來是為了這一刻，碎心的一刻，魔幻的一刻，救贖的一刻，領悟的一刻。

而這些，你在唱片裡都聽不到。就算懂了歌詞，能夠直接用義大利文聽歌劇，也比不上真正跑歌劇院一趟。

「所以聽不懂很正常？」琳恩小心翼翼地問，既期待又怕受傷害。

「妳都不知道妳有多正常。」

然後，我們就一起牽手去聽《唐卡洛》了。

寂寞暗光鳥

「暗光鳥婚友社」的霓虹招牌是一隻寂寞的孤鳥，在復興二路上每夜閃啊閃著，看起來特別醒目。這裡一年會費一萬，每次相親介紹另付兩千大洋。自二〇一三年開始，小洋已在這裡一擲千金，卻始終找不到心目中喜歡的那個她。

七年了，暗光鳥裡每個認識小洋的學弟都愛取笑他：「學長，七年了耶！別人都有第一次七年之癢了，你還沒找到心儀的對象喔！真是魯蛇啊。」

而這還不是最慘的。

他不是不知道，他們背後總愛叫他暗光鳥裡的「沒鳥蛋」先生。一定是「那裡」不行，才會被人家退貨嘛。七年了，小洋長得不差，學歷也完整，在科學園區上班，有著不錯的薪水收入，怎麼可能還討不到老婆？他們訕笑，彷彿這是婚友社裡最棒的趣聞。

小洋也不是不知道，那些和他約會的女孩子，各個都懷抱著真心柔意前來赴約。他真的不是故意成為派對裡的剋星，女孩心碎的索命員。但他就是無法克制自己。他無法克制自己注意到那些最微小的事物。那些會讓他即刻與現實解離的各式圖騰或印記：一種最詩意的誤認。

好比上個月夏小姐遲到了半小時。當她出現，他一點也不生氣，反而極有風度地傾聽她方才的戰果。「我跟你說喔，百貨公司週年慶開打，DG全面買一送一，滿五千還送一千二，你說是不是血拼的好季節？」他什麼話都沒說。腦子停在DG兩字，就像壞掉的唱片不斷卡住跳針，重複播放那一小段惱人的音軌。

只可惜她的DG和他的DG不一樣。發出的光澤也不一樣。她的是用穿的，穿在身上有琥珀般的義大利優雅；他的是用聽的，一個以鬱金香聞名的德國大花版傳奇唱片。

整場約會，失神的小洋都在盤算著如何在九點前結束一切，這樣他還有機會搭上捷運，搶攻打烊前的百貨公司DG唱片大促銷。

等到他真的趕到時，他臉都綠了。滿心期待的DG鬱金香在瞬間全部枯死：哪裡有唱片大特賣啊！

而女孩的臉則是在更早之前就綠了。

這就是為什麼小洋和女孩們總是無法走到最後一哩路。他們不是不對頻不來電而已，他們之間的問題不在於小洋沒努力過（「我也想成為一個好人啊」，他總是對婚友社櫃檯的阿姨們這樣說），而在於他太容易分神，在最重要的時刻，把注意力交給了最不重要的事。

而這一切的導火線，在於小洋是一位該死的發燒友。

小洋今年已不惑有三。要不是成天沉迷於音樂和音響，他早就該討個老婆，小孩都好幾個在地上亂滾亂爬了。但這也說穿了他心中最害怕的事。

他不是沒聽過江湖上那個帶小孩到咖啡廳，戳破店裡百萬喇叭的公案。正是圈子內太常聽到誰誰誰因為玩音響而搞到家庭失和，他既不想因為這個月又多買了幾張黑膠挨老婆罵，或是因為小孩拔爸爸的真空管起來玩而被社會局通報虐童，他才潛意識裡那麼排斥結婚這件事。

他突然想起七年前的那個夜晚，老媽是如何揚言再不出門相親，就把他那條又醜又厚的電源線剪斷拿去慈濟回收（要知道，婚友社年費也才一萬，這條電源線可不止十年的厚度啊）。

七年了，為了家中器材的安危，小洋已經學會認命，摸摸鼻子，只要媒合成功，當晚就會乖乖到「暗光鳥」報到。

●

七年了，他心中也不是沒有過那個她的。

最靠近締造羅曼史的一次，是在衛武營落成的那天，他們相約在館內的咖啡館碰面。他細心地觀察她每一個最小的動作，驚訝地發現無可挑剔。她選手沖精品而非又甜又奶的卡布奇諾；她啜飲的每一口，都像啜飲著此刻從天井灑下的月光。最該死的是，此刻咖啡館竟然放著他最喜愛的爵士專輯。

「他沉醉了，他屈從了」，一如羅蘭．巴特在《戀人絮語》裡描寫的愛情中毒症狀，他就要把心交了出去，直到女孩張開充滿莓果咖啡味的小嘴，說：「這張理查．克萊德門的鋼琴好好聽，不過這次怎麼還有鼓和低音提琴的伴奏啊？」眼神死的小洋聽見 Bill Evans 從墳墓爬出來的聲音，那明明是爵士史上辨識度最高的《給黛比的華爾滋》啊！

這就是為什麼已經七年了，不醜不壞不菸不酒的小洋還在情場流浪，找不到回家的方向。他最多是怪了點，聽過最慘烈的女孩告別語是「你乾脆和唱片結婚好了」，絕對不是個愛情無賴。他明明想做個好人啊，為什麼好人當不成，手中接過的好人卡卻疊得比家裡的黑膠唱片還高？

七年了，小洋早就對愛情不抱任何希望。

七年了，他還是常常到「暗光鳥」報到。只是虛應故事。只是毫無勝算的亂槍打鳥。

七年了，他覺得自己一個人比較輕鬆。

這一天，他依舊一如往常，自己一個人在家中當完「唱片指揮家」，就往「暗光鳥」報到。

他卻怎樣也進不去。他感到非常驚駭。眼前的「暗光鳥」真的什麼光也沒有，分明是廢墟一座。

他打開手機，搜尋「暗光鳥」的臉書帳號，發現幾天前這間婚友社已經宣告永久停業，因為敵不過時下更流行的交友軟體。傳統的相親服務，真的已是夕陽產業，成為名副其實的「暗光鳥」文化。

生平第一次，小洋感到比烈酒入腸更深的惆悵。

「究竟怎麼了？我們的世代已經走得這麼前面了嗎？已經是個不相信愛情的年代了嗎？」小洋心中吶喊著。

為了便利和高速的刺激，這個世代已經割捨了太多重要的事物。就像那些家中無人聞問的唱片卡帶，等待被什麼人打撈一樣。

他回到家中，什麼音樂也不想聽。倒在床上，想要快快入睡，好忘掉這一切，眼睛盯著黑夜裡的音響器材，發出淡淡的待機微光，卻是怎樣也無法成眠。

隔天一早，小洋感到有什麼不一樣了。雖然失眠讓他頭痛不已，此刻他在心中暗自做下的決定，卻是清醒無比。

他辭職了。

他一邊重複讀著手機上「暗光鳥」的退場公告，一邊忍不住注意到公告最底下那排不醒目的字：本社原址即日起進行招租，請洽某專線。

這就是為什麼十月十七日的晚上，在復興二路上的「暗光鳥」婚友社舊址又亮起招牌時，路過的人們無不投以好奇又驚懼的眼神。

一樣的月光，一樣的孤鳥霓虹燈，連店名都沒有更動。四處皆然，除了一個最細微的地方。

如果你打開玻璃門，我是說，如果你卸除所有的成見和心防，真的推門進來，就會發現彌漫在這間「暗光鳥」空中的，是悅耳的沙沙聲。那是老式的卡帶在架上徐徐唱出，光陰的故事。

在這個不相信愛情的年代，不灰心的小洋竟然做了那樣令人費解的決定。黑膠有 Record Store Day，卡帶有 Cassette Store Day。在沒人記得的十月十七日CSD卡帶日這天，他開了一家該死的卡帶唱片行。

是這樣迷離的夜，受到了音樂的召喚，有人打開了玻璃門。旋即在眼淚中認出，那是王家衛在電影《阿飛正傳》引用的 Los Indios Tabajaras 音樂，恰好和窗外一閃一閃的招牌孤鳥霓虹燈遙相呼應：

「我聽別人說這世界上有一種鳥是沒有腳的，牠只能夠一直地飛呀飛呀，飛累了就在風裡面睡覺，這種鳥一輩子只能下地一次，那一次就是牠死亡的時候。」

卡帶沒有死亡，愛情也沒有消逝。孤鳥的追尋始終沒有被忘記。

我叫張溥蘭。我是愛音樂的女生。

是那種沒有卡帶活不下去的超級大怪咖。

打開「暗光鳥唱片行」的玻璃門，我是今夜的唯一客人。

那不打緊。

在 Los Indios Tabajaras 的樂聲中，小洋找到那個聽見他心弦的人了。

而我也是。

向左走，向右走

在幾米的繪本裡，有一個最經典的故事。他出門總是向左彎，而她向右。是個性也是命運的安排，讓他們永遠不可能相遇，直到偶然發生，所有的不合理都成為劇本精心策劃的橋段。

兩條平行線的風景，真的有交會的可能嗎？我說的是我的爸媽。一個公車司機和電梯小姐相遇的故事。

在我十八歲那年要上台北念書的那個夏天，老爸突然把我叫到他的房間。「民祐啊，現在媽媽不在家是不是？來來來，有件事，我一直想跟你說。就是啊，你要上台北啦，會有很多漂亮女生，但你要好好尊重那些女孩子喔。」

全沒料到老爸要跟我聊性那方面的事。老爸抽著菸，喝著台啤，而我則是全神戒備父與子之間關於青春的尷尬話題。

求學生涯不利，在工作面試時也缺乏信心，屢遭滑鐵盧，間斷地打了幾份零工。老爸林乙諾後來聽說市政府要重新招考一批公車司機，因為前一批的新進司機都被抱怨工作態度不佳，經常遲到早退。

「為什麼好不容易到手的工作，還不把握啊？」我不解地問老爸。

「因為天底下沒有比公車司機更無聊的工作了。每天固定的路線，永遠不變的都市景觀。人家向你招手，你停下來。沒有人招手，你一直往前開。乘客們出發和抵達的終點，永遠不同，而你看似一直在移動，卻從來沒有真正離開。」

原來公車司機是這樣勞苦的工作啊，我還以為每天可以吹免費的行動冷氣，是一件很愜意的事。

「那是富爸爸。你老爸叫林乙諾，從小就適應了生活的無趣和寂寞，把吃苦當作吃補。倒是我學會怎麼和孤單共處啦。所以成為公車司機，每天在同樣的路線上，重複自己沒有色彩的人生，也不是一件太辛苦的事。」

我開始對眼前這個我叫了十八年老爸的人，有了不一樣的理解和敬意。

也許在那些等紅燈變成綠燈的讀秒裡，他也曾經想像過一個全然不一樣的人生。一個全新版本的自己，在綠燈驟換的當下，發誓要跑得比全世界更遠。

但他究竟是老老實實、安安分分地成為一名公車司機十一年，直到他遇見了那位電梯小姐陳芳芳。

●

也許你不知道，但資深的公車司機可以優先選擇早班，這樣下班就可以回家陪家人小孩。林乙諾在公司已服務超過十年，也算是個不菜的中鳥了。按輩分也不需要幾乎每天都上晚班，搞到最後一班車才回總站打卡回家。

但問題是這個。人家有老婆小孩，林乙諾的魯蛇人生裡，卻從來沒有哪個女孩子願意瞧上他一眼的。在他們的人生軌道上，數十年如一日的老面孔老司機林乙諾，其實更像一個回不了家的乘客。

所以他沒有理由不卡最後一班車。每天如此，每夜如此。沒有人過問，林乙諾喜不喜歡這樣的命運安排。

「反正夜班錢多一點。而且還有個好處，」老爸自我解嘲地說，「最後一班車的乘客很少，常常載不到人。這時我便可以輕鬆一路開回站，一邊悠閒地聽廣播。

「也就是在那樣獨自看著擋風玻璃前星空的夜晚，我無意中調到中廣的愛樂電台。平常我對這類音樂是沒什麼興趣的，但有一個主持人的聲音特別溫柔，介紹音樂的方式很感性。還記得那夜她播放了伯恩斯坦指揮的馬勒《第五號交響曲》稍慢板樂章。我原本沒什麼感覺，然後聽了幾個小節，她插進來說，這是作曲家寫給妻子艾爾瑪的情書。

「那段曲子真是優美啊。馬勒還有可以寫情書的對象，而我呢，還是光棍一個。但至少我有音樂了。像是馬勒交響曲常見的號角，我覺得那是一段人生長路裡的某種啟示。自此，我便無可救藥地愛上古典樂。沒有人知道，就算他們知道了也不會相信，一個平凡無奇的公車老司機，是如何在音樂中重新呼喚了自己。」

我陷在老爸那樣超然而絕美的回憶裡，不禁悠然神往。

「有一天晚上，整個城市下著大雨。那是夏季裡最猛烈的一場雷雨。颱風橫掃一切，能回家的人早就回家躲難，只剩我在泥濘之中，趕路回站。然後公車過了中美百貨，我突然瞥見一個不可思議的景象，一個女孩子孤伶伶地在快要被大雨澆熄的街燈旁，奮力向我一揮。

「其實擋風玻璃早就看不清楚前面的景象了。但那時中廣愛樂正播著蕭邦的《雨滴》前奏曲，外面很吵，但音樂讓我很靜，靜得可以用靈光之眼，感應周遭發出來的電波。就如同廣播，也是種神祕的頻率。」

這位奮手一揮的女孩，當然就是我媽陳芳芳。

「那時你媽媽一上車，分明臉上都是雨水，但我馬上就可以看見在那雨水之中，還有其他別的什麼。那是感激的淚水。像是在說，這世間已經有多少人從我眼前走過了，我拚了命地叫喊，他們卻只是更加遠離。而你卻看見我了。你為我停下來。」

老爸講得多美啊，彷彿我都可以聽見雨滴滑落的聲音，那是兩顆心符碰撞，所發出來的必然共振。

「你媽媽那時是中美百貨的菜鳥員工。和我一樣，被分配到最沒有希望的工作。陳芳芳和那個老光棍林乙諾，每天都被困在一個無形的鐵製盒子裡，在每個電梯和紅綠燈讀秒當下，期待叮咚開門的瞬間，被什麼人找到。

「颱風來的那晚，阿芳是中美百貨最晚走的人。她在孤苦無依的街燈下，等待什麼人經過。但整座城市早陷入一片即將停電的黑暗不安之中。能趕路的人都回家了。沒有人看見阿芳發出的訊號。大雨很吵但蕭邦的聲音很安靜，靜得讓阿芳依靠的街燈如一座燈塔，我像是一葉孤舟，尋尋覓覓了一輩子，此刻終於划向她。從那天起，我固定載她回宿舍。後來，我們一起逃出了生活的監獄，組成了我們的家。才有了你……」

就在這個時候，老爸的眼睛垂了下來。顫抖的手，讓半瓶台啤灑落一地。

「阿芳呢？阿芳呢？你媽不是去上班了，怎麼這時候還沒回來？」他的聲音像洩了氣的皮球，一點剛剛回憶往事的自信也沒有。

「阿芳……阿芳……我媽媽……」此刻的我，已淚不成聲。

「她怎麼啦？」

「中美百貨八年前就倒了啊！」

林乙諾手中的台啤掉了下來。清脆的聲響，打碎此刻中廣愛樂所播放的一首鋼琴小曲子。

中美百貨八年前大火。媽媽是最後一個從電梯出來的人。電梯卡住了，她讓能逃的乘客先逃，自己卻不幸困在電梯。她相信，有一個男人會來找她的。一會兒就來。一會兒。一會兒。只要再堅持一下下，一會兒就來。

「你會來同一個地方接我嗎？」婚後的陳芳芳，每日總還對著眼前這位世人所認定的魯蛇大叔，含情脈脈地說。

「我會喔。在所有人都看不見妳的時候，我也會永遠在街燈這頭等妳。如果我還沒來，不要心慌。一會兒就來。只要一會兒。我就來……」

向左走，向右走，兩條原本平行的線，有了不可能的交集。然後因著那場無名火，兩條線絢爛終歸於平淡。一條線沒了聲息；而另一條還在受創的阿茲海默大腦裡，持續地趕路。

我是那樣不可能的交集留下來的火種，在如今已經沒什麼人會相信還有電梯小姐存在的年代，持續見證著一個男人的深情與等待。

愛情不用翻譯

杜婉君還是baby的時候，臉頰圓滾滾的有肥肉很可愛，大人成天圍著她，好像是世上最珍奇的寶貝。

杜婉君青春期的時候，不僅臉圓滾滾的，身材也圓滾滾的。

杜婉君不可愛了。杜婉君開始練習每天吃得更少，但那似乎沒有幫助。

杜婉君跑步，杜婉君早睡早起，杜婉君試著保持身心平衡。

一整個夏天就這樣過去了。

新的學期開始時，還是沒有人正眼看過杜婉君。

有時杜婉君想著，是否自己就這樣消失了，也不會有人發現。

一天早上，杜婉君就這樣不見了。不必翻牆，不必特別找理由。朝會時太陽照在冉冉上升的國旗，風輕輕地吹，世界照常運行。彷彿沒有事情可以出差錯。

杜婉君搭上往台北的長途巴士。

從高雄到台北，一趟四個多小時的寂寞旅程，杜婉君拿起了耳機，這是她對抗世界的武器。

她要去見一個人。

●

過去幾個月來，杜婉君在網路上發明了新的分身。

人在隱匿時，總敢釋放最大膽的想像。杜婉君很快和一個自稱「大叔」的男人有了親暱的對話。

「你最喜歡的食物？不准說臭豆腐。」

「不喜歡臭豆腐，但喜歡臭豆腐的泡菜。」大叔說。

杜婉君心跳漏了一拍。臭豆腐的泡菜是她的最愛。彷彿光說著都可以感覺到，那股流過嘴巴的酸味。

「最喜歡的樂團？」大叔問。

「The Jesus and Mary Chain。」杜婉君想都沒想。

螢幕上一片空白。游標閃爍不停。

杜婉君焦慮了。

青春期的杜婉君每天都在焦慮。但沒有一個時刻的杜婉君，比現在的杜婉君更焦慮。

杜婉君知道對方就要斷線了。

然後大叔傳來一張照片。

「如果妳是認真喜歡 The Jesus and Mary Chain，我在台北等妳。Legacy 晚上七點半，不見不散。我會戴著比爾．墨瑞在電影《愛情不用翻譯》裡的頭像。」

杜婉君看了票價，吐了吐舌頭。

耳機音量開到最大，車上的風景在變，台北快要到了。

站在Legacy的門口，人來人往，不斷被推擠的杜婉君，頓時失去所有勇氣。「大叔」可以長得像比爾．墨瑞，可是杜婉君永遠也不可能變成史嘉蕾．喬韓森。就算戴上史嘉蕾的面具，她的身材也會為她說太多的話。

她想著那部電影裡，比爾．墨瑞最後對史嘉蕾說了什麼。人來人往，所有耳語都散落在風中。

杜婉君就快要掉下眼淚。

人山人海的台北，沒有人看見她。沒有人發現她的存在。

大叔不會來了。

然而這不是最可怕的事。最可怕的是，大叔明明就有來，站在對街，看著杜婉君。綠燈了，大叔往剛剛來的方向折返。一切彷彿沒有發生過。

就在此刻，一雙大手搭上了杜婉君的肩膀。縱使戴著比爾·墨瑞的可笑頭像，看不見表情，杜婉君還是清楚地指認出那雙眼睛裡的溫柔。

杜婉君和大叔在台北度過一個最魔幻的晚上。

音樂會結束後，兩人去士林夜市吃臭豆腐的泡菜。

杜婉君非常感激。生命裡第一次有人看見了她的存在。不帶一絲評斷地，全部接受了那樣的杜婉君，就好像那是再自然不過的事。

離開台北的隔天清晨很冷。杜婉君和大叔在荒蕪的街上，走了大半夜。他們無所不談，他們一見如故，他們之間再也不分彼此。

開往高雄的統聯就要開了。

大叔說，謝謝妳，明天我就要外派到歐洲了。這是我離開台灣前，最美的一個晚上。

杜婉君什麼也沒說。什麼也不能說。

不知相見是何年，他們甚至沒有道再見就分開了。再見是個太沉重的字眼，也是過於厚望的許諾。

杜婉君再度回到學校的時候，沒有人發現有什麼不同。世界仍然這樣那樣地運行。除了杜婉君在心裡重複的那一天之外。

像極了比爾．墨瑞在另外一部喜劇《今天暫時停止》的演出。

如果可以，她希望這天永遠不要過去。

而青春的美麗恰好是青春的殘酷。

戲散了，樓空了，再醜的人都得醒。

Interlude —— 還在寂寞地彈

科學家告訴我們，人的習慣在二十歲之前就已經大致成形，而這也包含他聽音樂的方式。這意味著隨著年齡增長，我們愈來愈不容易被新的歌曲打動，可是午夜夢迴，最是寂寞無可言說之際，從破爛收音機傳來的一首年輕時的老歌，卻非常容易讓人落淚。

多麼奇妙的感受啊，明明是那麼久以前的歌了，幾乎在前奏剛響起的瞬間，不必憑藉任何外力，你就得以穿越時光長廊，在漫天的塵灰之間，指認出這首歌，哼著哼著竟然也就把副歌唱完。你以為你忘了，但其實你沒有。

記憶有時很殘酷，可是回憶有時也是這樣地溫柔，在你感到悲傷絕望的時候，給你一道深情的回眸，我稱之為「歌的報恩」。

白馬音響

喜歡卡帶、黑膠的人通常也就是念舊的人。念舊的人喜歡逛跳蚤市場，找尋自己的回憶。當然跳蚤市場也不一定只是回憶，還有不可勝數的寶物。

我曾不止一次聽說，有人用銅板價就把整套古典歌劇LP帶走。或是碰運氣把外表看起來不怎樣的音響，以極低的價格搬回家，雖然老闆說「現況售出，恕不退貨」，誰知一試成主顧，整台竟然好好的，直喊撿到寶，喜不自勝。待下次想要故技重施，卻發現搬回家的機器每台都是爛的，明明看起來外觀都不錯啊。

在我所有跳蚤市場經驗裡，曾經有一件難忘的事。那是我生平第一次看到「白馬組合式音響」。大大的機櫃，笨重的身軀，看起來在任何人的家裡，都顯得占位置而不合時宜。

這攤位的老闆身高不到一六五，熟客都喊他矮仔陳。矮仔陳雖然長得不高，但賣舊物很有一套。相對於大部分店家對品況都一副「不知道」或「莫可奈何」的樣子，矮仔陳可是包打聽。只要你有什麼疑慮，在商品售出前，包管你可以死纏爛打地問，矮仔陳絕不動怒，還笑嘻嘻地說：「來嘛，再問。東西就是要問才知道它多好啊。」想試聽？那也沒問題。

矮仔陳脾氣好，也很敢被砍大刀（據說其實這些舊貨成本便宜到很可怕），讓他的攤位在週末橋下的跳蚤市集總是很早就休市。

但這台「白馬音響」不一樣，打從我第一眼看到它，就知道它很難被賣掉。幾乎是半台鋼琴的尺寸，在寸土寸金的城市裡，大概很難讓人想把它搬回家。

這套組合音響就被冷落在旁，無人聞問。直到有一天，有個客人看見了，驚呼：「哇！這不是我爸媽那年代的嫁妝嗎？怎麼這裡找得到？」矮仔陳看客人起了睹物思人的愁，就把一張紀露霞的唱片放上，什麼也沒說，讓她的歌聲靜幽地流轉，在這人聲鼎沸的跳蚤市集裡。

雖然和紀露霞很不熟，唱片的狀況也不好，我就是在那個下午，對這台可謂

「White Elephant」*的白馬音響，產生了濃濃的情愫。

該怎麼說呢？雖然平生聽過的好器材也不在少數，早就曾經滄海難為水了，照理說不該對它有太大反應才是。然而紀露霞的歌聲如泣如訴，在不可能的光景裡，真真實實地攫住了我。我不知道這座白馬組合音響自從落難至此，已經有多久沒有發聲。那感覺就好像在它的身體裡，囚禁了一個高尚而多愁的靈魂，透過紀露霞的聲音，對人來人往的顧客說：「不要走。」

後來我才知道，縱使矮仔陳的售價不貴，但那位客人口中的「嫁妝」是什麼意思。

那是一位父親對女兒的期望和最後能給的愛。給女兒一套音響，希望妳在未來辛苦寂寞時，也有一張唱片相伴。這樣的「嫁妝」以當時的台幣換算，據說可以買下半套公寓。那不重要，重要的是老父親的心意，透過嫁妝送給妳，是一生愛的承諾。今天妳走出了這個家門，但在門的這頭，永遠有人在星夜裡為妳點燈。

這些我當時並不知道，如同我並不知道為什麼，那位客人看見這座白馬音響，聽見紀露霞的歌聲，瞬間就落下了眼淚。那位客人肯定有很綿長的溫柔和心事，就好像落難的白馬音響，樣子是那樣地樸素無華，底心卻有很多的故事要說。

那天矮仔陳的攤位特別熱鬧，我想冥冥中，大家都被那樣的歌聲感動了也說不一定。但這仍然改變不了它的命運：雖然好聽，雖然感人，但家裡放不下就是放不下。

其實當年我是有錢買它的，可能把架上的書賣了，騰出空間也有地方擺它，但我知道它在家中開聲的機會並不多。我不願一個輾轉了這麼多身世的她，從當年豆蔻般的年華少女，到如今風華絕代的成熟美人，得在我那藺居的家中，墮入另一個落難的輪迴。

就這樣，白馬音響在矮仔陳的攤子上成了無法變現的死貨，成了拖累倉儲的喑啞惡聲。再次遇到矮仔陳，白馬音響已經不見。

「木頭是好的。真空管是原廠的。但沒人要收成組的，只好賣給人家殺肉了。」矮仔陳告訴我的時候，仍是一副笑笑的樣子，就好像這整件事是那樣稀鬆平常。

跳蚤市場的一日又要過去。有些物件，取得了重生的機會；而有些，像迴盪在風中的歌聲，曾經那樣地耀眼，卻又那樣地遙遠。

* 英文俗諺，指大而無當的東西。

只是不知道為什麼，多年後我想起這件生命中的小事，總會聽見紀露霞的歌聲。

雖然不明白她歌聲的怨情究竟為何而發，我總會聽見比歌聲更低迴的所在，有顆靈魂在木板的深處悄聲對我說：

「不要走。」

十七根蠟燭

朋友是個鋼琴師。她每日除了例常必須的表演外，還有許多教學的行程。

她很少聽她工作以外的曲目。

她的李斯特彈得特別好。

她不太喜歡巴哈。更討厭舒伯特。她的技巧既響且亮。

她常常來我家泡咖啡。我不放任何關於她職業上的曲調。她只想放鬆，她不想連喝咖啡都要記起工作的事。

她有一個小孩，跟著她聽琴聲長大。小孩今年考高中。小孩課業很爛。小孩天天壓力都很大。學測前的最後一次模擬考，小孩沒有一科及格。

朋友獨自來我家，說她焦急得不知道怎麼辦。

她信任我，覺得我可以幫她。

我把她的咖啡泡得很濃，想掩護她心中的苦。

我把自己的咖啡調得更濃，我想麻醉自己。我比她還不知道怎麼幫她。

我們什麼音樂也沒聽。

我們之間安靜得有些尷尬。

後來我答應陪她回家，看看我是否能跟孩子談上什麼。

她掉下一顆比咖啡還澀的淚。她點頭說好。

●

才剛進門，我們發現孩子不見了。

不在客廳。不在書房。也沒在陽台上演一場我所恐懼的跳樓戰。

孩子從琴房走出來。我們嚇了一跳。

「你做了什麼？」朋友不可思議地問。

「去彈琴。彈完琴我心情好多了。」

「但你彈得很差啊。心情怎麼可能好？」朋友說。

「剛剛妳不在，我沒有顧慮了。我可以彈自己想彈的。」

「你彈了什麼？」

「就亂彈。反正妳也不喜歡的那些。」

「巴哈？舒曼？布拉姆斯？」

孩子搖了搖頭。「反正妳也不會想知道。」

「我想知道。真的。」我忍不住插嘴，斜眼示意朋友別再出聲。

孩子拉著我的手，我們一起走入琴房。

隔著一扇門。朋友終於聽見孩子的心。

顫抖的。虛弱的。此刻細小的琴音慢慢流瀉出來。

那是最簡單的曲目。

〈生日快樂頌〉。

小孩今天生日。

沒有人記得。除了他自己以外。

所有人只記得那些慘紅的考卷在燃燒。沒人知道十七根蠟燭，早就熄滅了。

青春的蠟燭，早就無煙而終。

擁擠的樂園

在台灣所有KTV，普遍流行一個鬼故事。那是關於一個服務生突然從廁所走出來，問你需要什麼服務的故事。可是明明朋友才剛去上廁所啊，怎麼可能有人從那裡出來呢？想到這裡不禁毛骨悚然。

當然這個故事有很多不同的變形。例如突然出現的服務生問你要不要點炸的，或是問你唱了那麼久，渴不渴啊。最溫柔的則是撒嬌小聲地問，「先生，我可以和你一起合唱〈屋頂〉嗎？」

每個時代都流行一則屬於自己的都市傳說，用心聽，就能推敲出很多遺漏的音符。

我一直覺得服務生的故事不是鬼故事，是個關於寂寞的故事。

KTV服務生的工作肯定非常辛苦，得應付形形色色的客人。龍蛇雜處的所在，不一樣的廂房，不一樣的人種，「擁擠的樂園」裡，燃燒著共同的悲傷。

人們來到KTV尋求什麼呢？

在俗濫到不知所云的排行榜金曲裡，一遍又一遍釋放自己的壓力和情緒。渴求被理解，渴求被聽見，渴求被渴求。

KTV服務生肯定看過太多這樣的人了。為何離開了以後，還心有未甘，眷戀這樣消費著大量傷悲，也被大量傷悲消費的地方呢？

KTV服務生會不會是最寂寞的人呢？

在這裡，客人只要願意花錢，就能得到短暫的虛幻脫離，縱然知道走出黑暗的廂房，陽光往往亮得太過刺眼，傷口也沒有癒合。可是他不同，在這遍地哭訴著被拋棄被背叛、單戀失戀、工作被剝削而老闆機車的暗黑之地裡，服務生還得保持清醒。

他連片刻的瘋狂都不被允許。他得學會假裝，才能在KTV裡生存下去。

法則是這樣的，當你走進廂房發現沒人在唱歌，沙發上躺著廝磨的肉體時，你得假裝一切都很正常。或當你發現同一個客人點了一次又一次的澎大海，螢幕上的歌曲永遠是那首張震嶽的〈愛我別走〉，天曉得從下午三點到現在凌晨兩點，他到底唱了這首歌幾百次。

你知道他心裡肯定有什麼難以打開的結，你還是得裝作什麼都不知道。

在所有可以「被合法傾倒情緒」的場所裡，比起心理診療間，KTV是相對划算、CP值超高的地方。

如果沒有「四樓的天堂」可以推拿你的身體你的心，扮演心理師的謝盈萱會不會最終也得來這裡尋找靈魂的救贖？

客人來了又走，走了又來，也許是黃秋生，也許是謝盈萱。但服務生永遠沒法真的離開。戲散了人空了，他還得留下來，面對客人杯盤狼藉的桌面，面對自己腸開肚破的人生。

他很想哭，卻發現面紙早被客人狠狠用光。天曉得是被拿來擦眼淚還是什麼奇怪的體液。

最後他只得跑進去廁所，小聲小聲地哭。

哭到後來沒有聲音了。他終於發現客人能夠離開是因為他們有自己的歌，而這麼多夜晚以來，他連自己的主題曲都沒有。

一輩子能夠遭遇多少個春天？

隔著廁所的玻璃門，他還是可以清楚聽見螢幕上的陳昇和客人這麼一起唱著問著。他不敢想，他不敢問，冬天都來了，春天為什麼總是遲到？

他連自己的寂寞都不被允許看見。

然後，他就再也沒有出來了。

神怒之日

在我接觸過的所有病患之中，簡澤令我印象最深刻。

猶記得那天下午陽光迤邐，在樹葉上剪裁了幾分美妙的投影。門倏忽打開了，第一眼見到他的時候，我就感覺不對勁。

「他看起來太正常了。」我在心裡閃過這樣的念頭。

的確如此，自「蔡醫師精神科診所」開張十七年來，什麼奇怪的病患沒看過，眼神渙散的，抓破頭皮的，語無倫次、左顧右盼好像背後有什麼不乾淨的東西跟著他的……對於世間所謂的「異常」，我可說是早就免疫了。可是簡澤不一樣。

他口若懸河，眼神集中，思慮更是清晰無比，一點都不像是腦部可能有任何損傷，或是精神出了什麼毛病的人。

「蔡醫師，我有病。」簡澤堅持。

精神官能症或多重人格的判定，有一個很簡單的診斷方式，那即是「病識感」的有無。正如瘋子不會知道自己發瘋，會說出自己有病的人，通常沒什麼太大問題。

「可是我看你好好的，講話談吐也非常得宜。最近發生了什麼不如意的事嗎？」

我試著慢慢開導他。

「這倒沒有。家裡一切安好，我身體也還算健康，除了我開始聽到老爸留下來的黑膠唱盤，晚上會自己播歌。」

「你父親去世多久了？」心想只是典型的創傷症候群。

「國小就不在了。」我有點吃驚。也許病灶埋得比想像更深。

「原來如此。簡先生，那你晚上從唱盤放出來的，是什麼歌呢？」

「都是古典曲目。老爸小時候常放的那些。」

「那你自己喜歡這些曲子嗎？父親是否曾教你這些曲子的故事？」

「他非常喜歡歌劇的詠嘆調，唱片總是放卡拉絲和普萊絲的那幾張。他會對我說，世間沒有什麼樂器比人聲更珍貴的了。他會拿起卡拉絲唱的《諾瑪》，當整個樂團都靜下來，卡拉絲用整個身體的愛和淚，唱出〈聖潔的女神〉時，他會說，多麼不可思議啊，單聲道的錄音，穿透靈魂的力量卻毫不受器材限制，在唱針和唱片接觸的當下，振動了宇宙，解放了生命。」

「聽起來像是你追念父親的防衛機制，不知怎麼被啟動了。簡先生，最近真的沒什麼事發生嗎？」

「應該是沒有。」簡澤痛苦地想了又想，忽然說，「最近我要結婚，為了整理空間，幾百張黑膠唱片被我媽拿到跳蚤市場，全賣掉了。媽媽很高興，畢竟台北寸土寸金，省了空間，又換了兩千多元，當天就到市場多抓一隻雞回來給我補身子，畢竟也是要結婚的人了嘛。」

「簡先生，我非常確定，你晚上聽到的，絕不是幻聽。你也沒有任何精神疾病。」

「怎麼可能？那些音樂明明不可能出現啊。」

「但你的的確確聽到了，是不是？」我問，心裡感覺非常悲傷。

「對！我聽到了。昨晚還聽到《杜蘭朵》的〈今夜無人能睡〉*，聲音真是淒切，

---

* 又譯為「公主徹夜未眠」。

害我整夜失眠，無法入睡！」

「那是你爸的靈魂，從天國裡唱著阿瑪迪斯的《神怒之日》！」

「什麼意思？」

「誰叫你媽用兩千元把唱片賣了？你爸肯定氣得要死，只得每夜回來唱歌，表達他的不滿：白養了，都白養了，竟然把黃金當糞土，只為節省空間。這世界上有比空間還貴的東西啊！」

「那是什麼？唱片嗎？」簡澤問。

「品味。」我幽幽地說，「以及，孩子的教育不能等。」

我一邊說著，一邊在病歷表寫下：「個案並無精神疾病，所遇之事，只能以非科學的超自然力量作結論。」

●

那天晚上，望著家中熟睡的小孩，我再也閒不下來，無法好好聽音樂。

我拿起麥克筆，開始在所有封套上寫下價格。鄧麗君《淡淡幽情》，一萬三。羅大佑《未來的主人翁》，兩萬八。柯崗演奏貝多芬《小提琴協奏曲》首版，八萬五……

啊，在孩子旁熟睡的妻子突然翻身過去。我想我是見不到明天的太陽了。

你知道的，每個吸膠的男人，都有精神病，都有強迫症，總是習慣少報一個零……我是說，如果只是一個零的話。

Little Girl Blue

深夜酒吧裡顯得有些冷清，從這裡望出去，窗外的街景只剩連串成珠的雨滴，連慣常在街角啼叫的那隻貓也不見蹤影。

沒有人會來了。所有人都回到床上的溫軟，和另一雙手的擁抱。

總在此刻，身為一名工作時滴酒不沾的酒保，我終於可以放開懷，為自己倒上一杯絕佳的威士忌。

沒有人知道，其實我是個業餘的鋼琴家。不過我只會彈給自己聽。

關於會彈鋼琴這件事，其實我是無師自通的。起初只是一張毫不起眼的破舊唱片，那是Nina Simone的一張藍調專輯，在舊物市集上被顫顫巍巍地播放了出來。

路過的人都沒有在意。那只是一張不合時宜的唱片。那只是無關生死的藍調。

可是歌曲裡卻有深深觸動我的什麼。哪怕我是第一次接觸到她的歌聲。哪怕其實我聽不懂歌詞。哪怕我家連可以播放黑膠唱片的機器都沒有。但那歌聲就在我心頭裡這麼住了下來，喚醒我內心更好的部分。

我開始有種彈琴的渴望，想跟腦海裡的她，用音樂的方式談情。

一開始只是 download 網路上簡易的鍵盤自學 App，沒想到半個小時，我就把內建的理查．克萊德門歌本全部學會。

說學會其實是不適當的，我根本沒學會。更準確來說，我好像早就知道手指應該放在哪些位置，早在它們被正確地演奏出來之前。

我曾經在網路上讀過一個故事，有一個人遭受雷擊之後，大難不死，醒來竟然開始作曲，演奏從來沒有學過的曲目。

我沒有遭受雷擊的經驗，長得不好看，學業成績總是中等，恐怕連外星人都不願意抓我去神祕開光，因為那太浪費時間了。

不，我沒有被外星人綁架的經驗。但我怎麼可能半年之內，憑著只聽過一次的印象，就能正確無誤地彈奏這些曲目呢？

一開始是理查・克萊德門，然後是蕭邦，然後是布拉姆斯。有時馬勒那些寫給管弦樂的連篇詩歌，我也能演奏鋼琴獨奏的部分。

所以你可以想像，我根本是嚇壞了。我不敢告訴任何人，也就不可能讓任何人聽見，我觸鍵下的深情。

我只敢在深夜接近打烊的時刻，在確保不可能有任何人闖進來的情況下，自己彈琴給自己聽。

我有一種感覺，這份宛如天啟的能力，不能被平常地理解，也不能隨意示眾。

我的直覺告訴我，只要有人聽到我的演奏，他對世界的理解就會徹底地改變，成為一個完全不一樣的人。所以我要保守我的祕密，以防在無意之間，創造了一名天使或一頭怪獸。

冷清的夜裡，我都這樣寂寞地彈。我是自己的眾神與野獸，在這個被放逐的酒吧

失樂園裡。這裡有一架古老的鋼琴，我可以放膽地彈，在無人知曉的冷夜裡。

微雨的今夜特別冷清，我想起了 Nina Simone 的那首〈Little Girl Blue〉。我起了個音，就這樣陷入自己音樂的漩渦。

過了很久，我才發現耳邊一直有聲喵喵叫。那喵聲帶淚，就好像在吟唱最碎心的故事。

街角那隻不見的貓回來了。整夜她都在聽我的琴音。蜷縮在牆角，用身體緊握住這當中不可能的奇蹟難信。

隔天我發了高燒，整整一個月無法上班。

病好的時候，我發現自己完全忘了怎麼彈琴，就好像這件事從來沒有發生過。而那隻哭聲像小女孩的貓，再也沒有回來過。

碰！

在倫敦的一家地下酒吧「碰」，愈夜總是愈熱鬧。

這家酒吧有個怪癖，不播熱門的搖頭樂，播古典。它沒有入場費，也沒有低消。唯一的要求：你要穿襪子。

「碰」DJ播放音樂的心情，是依照現場來賓襪子長度來決定的。

襪子愈短，便播放一些輕快的華爾滋舞曲，令人忘了襪子的存在，翩然地想要向什麼人邀一支舞。

襪子愈長，音樂愈加肅穆寂寥，沉重得令人失去了引力。

日子久了，大家知道「碰」的怪規矩，愛上它的風格，也就跟著不按牌理出牌。

一人雙腳，有長有短，絕不成套，看看你究竟要放怎樣的音樂。

那是怎樣的音樂呢？

嗯……真的很神奇喔。聽起來像是古典樂，又不像古典樂。有點爵士，又不是太爵士。有種古怪巴拉的，但是愈翻愈奇，有種令人微醺的錯覺。

這種古怪巴拉的風格愈在店裡流行，大家穿的襪子就愈來愈奇怪。最瘋狂的一次，那晚氣溫降到五度，是當年最冷的一天。所有客人都穿著厚厚的襪子。

只有襪子。沒有其他別的。

出奇的是，「碰」那晚並沒有播放任何音樂。

「不需播放音樂啊。」ＤＪ事後回想，「那天裸舞的眾人們，把史特拉汶斯基的《春之祭》演完了……要我幹嘛？他們比我的音樂還碰呢。」

無窮動

有關帕格尼尼是魔鬼化身的傳聞很多，我最喜歡也最愛轉述的，是他小提琴的琴弦，是從情婦的腸子取下製成的。

每當我在派對上這麼說，總是沒有人相信。

有天，一個朋友突然來訊息，說他聽了我的故事後，聽帕格尼尼的曲子，心裡都感覺毛毛的。我說你想太多。傳聞只是傳聞，怎麼可能有人用情婦的腸子做弦，演奏音樂給人聽？

朋友不當真的時候沒有事，當真的時候，反而令人困窘。我說，你來吧。來我這聽帕格尼尼的曲子，他只是技巧高超，給人魔鬼的形象，不要想太多。

朋友依約前來，我們從《二十四首無伴奏小提琴隨想曲》開始聽起，又聽了他最有名的《鐘》。結束的時候，剛好是那首號稱不可能被演奏的《無窮動》。

朋友下巴都要掉了下來。說他沒有聽過《無窮動》。這麼快速連續的高超弦樂，怎麼可能被演奏出來？

雖然聽過好多次這首曲子，從初時的訝嘆，到後來慢慢熟悉，也就沒有特別感覺，但這次和朋友一起聽，像是有什麼東西擊中了我一般。

「這樣狂飆的演奏，根本違反科學啊！」如果不是錄音造假，那就是當初寫下這首曲子的帕格尼尼真的有病。

事實上，他有病就算了，還拉人下水，讓二十世紀的浪漫大師拉赫曼尼諾夫寫下整首以他為名的《帕格尼尼主題狂想曲》。別說你沒聽過，當年紅遍天的電影《似曾相識》（*Somewhere in Time*），超人克里斯多夫就是每次聽到這首曲子的第十八段變奏，就會馬上回到過去的啊。

「這樣說來，帕格尼尼真的很厲害，都過世這麼多年了，還這麼陰魂不散地跟著我們。這不就證明，他和魔鬼有交易？」朋友覺得很有趣，同時又很毛。

「當年那條弦，肯定是從情婦的腸子取下來的。」最後我們得出這樣的結論。

深夜的音樂聚會，此時天將大白。鬧了一夜，肚子突然好餓。為了洩憤也為了驅魔，於是在早餐店一起點了帕尼尼。

You Say Potato and I Say Potahto

週三晚上和女孩約在麥當勞的時候，我已經太餓，顧不得形象，一口就把大麥克咬掉一半。

女孩和可樂一樣甜。說話細細的，身形蜿蜒像薯條一樣可人。女孩是我的家教學生。女孩不吃麥當勞。女孩只吃馬鈴薯。

第一次見面，我不知道她已經病了兩年，因為麥當勞的關係。

爸媽很忙，沒有時間管她，女孩天天吃漢堡。國中模擬考的前夕，女孩在麥克雞塊上蘸一點糖醋醬。還來不及吃，就因為血壓太高，倒在麥當勞的椅子上。

在醫院醒來的時候，模擬考已經過了。但她的絕食之旅才正要開始。

女孩不知道從哪裡聽來的偏方，因吃太多加工食品而導致身體壞掉的人，發誓兩年內只吃馬鈴薯，身體就會慢慢好起來。

證據一，愛爾蘭大饑荒的時候，找不到馬鈴薯的人口，消失了好幾百萬。剩下的人，靠著僅存的馬鈴薯和樹皮，活了下來。

寫出《尤里西斯》的喬伊斯，就是靠著還沒爛掉的馬鈴薯皮活了下來，才能寫出一個男人 Stephen 在都柏林一天的意識流之旅。人們說他在找愛，也有更多的人說他在找馬鈴薯。女孩信誓旦旦地說，Stephen 在找馬鈴薯。

證據二，《火星任務》的麥特．戴蒙靠著在火星只吃馬鈴薯，最後得以返回地球。回到地球的那晚，全世界的人都在為他歡呼。老婆在心裡歡呼得更大聲。她已經認不得這個離家太遠的老公。

只吃馬鈴薯維生的他顯瘦。她沒有不滿意。

馬鈴薯女孩對自己的馬鈴薯生活很滿意。她的身體愈來愈好。每次上課，我吃大薯，她吃馬鈴薯。每次吃完，又要急著替她上課，我覺得好累。

今晚我忍不住問她，那些馬鈴薯到底有什麼魔法？

「像麥特．戴蒙一樣，我種我自己吃的馬鈴薯。」

我瞪大了眼。

「老師，真的，我自己種。我親自挖土，我播下沒吃完的塊根。我施一點肥，讓它們聽好聽的音樂。像以前很流行的，養雞鴨牛豬的人，會給牠們聽莫札特啦、布拉姆斯啦那些聰明音樂。結果長得又大又好。」

「妳給馬鈴薯聽音樂？也是古典？」

女孩搖晃著馬鈴薯的小臉，點了點頭。

「那妳應該也有聽到那些莫札特聰明音樂啊，怎麼考試總是這麼爛？」望著椅子上那些被紅筆塗得到處都是的考卷，我感嘆地說。

「馬鈴薯聽了，它們長得又大又好。園子就在書房前廊，我也聽了。我不得不聽。但我睡著了，每次都這樣。醒來已白白浪費寶貴的讀書時間。」

女孩有些恨恨地說。

我狐疑了。

「那妳為什麼總約在這家麥當勞上課？妳明明不吃加工食物啊。」
「因為他們不放布拉姆斯。他們放 Bruno Mars。」
我突然很清醒。

做菜不要作戰

性在許多家庭是相當競技，喔，說錯了，是禁忌的事。

夫妻不好意思在小孩面前說，晚上想要做菜，只好用各式各樣的方式表達。可能是一個眼神的交會，一句以為小孩不懂的外語，甚至早餐就讓老公一次吃三顆蛋，都是有效且充滿表情的曖昧。

有時你可以更狡猾。關於性感這件事，常常最好什麼都不必多說，什麼事都不必多做。光放一首只有兩人才知道的老歌，本身就充滿挑逗了。據說白光〈等著你回來〉或空中補給〈Making Love Out of Nothing at All〉都有神奇的效果。我想再過幾年，當愛黛兒〈Rolling in the Deep〉這類「滾到深處無怨尤」的流行樂也變成這世代的經典老歌時，也會成為快樂的食譜之歌。

這些有標題、可以望文生義的音樂我都能接受，但放古典樂是哪招？放巴哈會想睡，放布拉姆斯太悶騷，放莫札特又有點那個。馬勒大可不必，一下子《巨人》，一下子又是《復活》，這對於男生的好兄弟，玩笑未免也開得太大。

「是放柴可夫斯基的《1812》啦。」一對夫妻好朋友來我這裡喝茶，老公自己說溜了嘴。空氣凝結了，老婆臉也綠了。

老公假裝茶喝多了，趕快尿遁走開。良久良久，我和人妻朋友都沒有說話，什麼話都不好意思說。

「是放《1812》沒錯啦，」老婆突然悠悠地說，「不過每次也只有放三分鐘，就像那曲子最後偉大的高潮一樣，砲聲永遠只有三分鐘。」

不會失去的東西

「世界上有什麼不會失去的東西嗎？」
「我相信有，妳最好也相信。」

——村上春樹《1973 年的彈珠玩具》

曾經聽過這樣的話：「如果地球上的兩個人，互相喜歡的機率是六十億分之一；而兩個人互相喜歡且相遇的機率，則是六十億的平方分之一。」那麼，遇上爵士，並愛上的機率有多高呢？

多年前參加過一個讀書會，其實說是讀書會，倒不如說是「以聯誼為目的」的社交聚會。所以讀什麼書、闡述什麼觀點好像不那麼重要，能在那個固定的集會上認識什麼人，才是最重要的事。

說起來很不好意思，但那時我見著了可愛的女孩，會非常害羞。為了藏拙，讓自己看起來沒有那麼愚蠢，每次集會的小說，我可是認真準備，心裡總是這樣想，要是待會分享心得時，能說上幾句話，也總強過呆坐兩個小時。

紅男綠女的讀書會，小說清單不外乎是米蘭·昆德拉、保羅·奧斯特、瑪格麗特·艾特伍（天曉得主持人哪來這麼大的勇氣開這些書單）。當然，還有顯得平易近人的村上春樹。

還好是村上春樹。幸好是村上春樹。讓我在發表想法時，找到了一個不至於太手足無措的講話速度。我不結巴了，我好像有些自信，我應該沒有一直狂流汗吧？

我還記得在分享《遇見 100% 的女孩》時，我特別帶了《伊帕內瑪的女孩》唱片，播給大家聽。其實我也沒有多說什麼，不過就是播完歌曲後，帶大家打開耳朵，實際用身體感覺一下音樂和村上春樹的文字交互在一起的化學作用。那效果出奇地好，透過音樂的催化，你真的會感受到村上春樹在寫下這篇小說時，心靈肯定在跳舞，血液肯定在沸騰。

我知道你一定想問我，後來有沒有在那讀書會，找到心中的100%女孩？當然沒有，如果你聽過〈伊帕內瑪的女孩〉，大概很難忘記那句不斷反覆「Each day when she walks to the sea. She looks straight ahead not at him.」的歌詞吧。我看著她，可是她沒看見我啊。

話雖如此，的確好多人在那次分享會後，去買了這張專輯來聽。幾年後，當朋友遇到我，他們告訴我，當年就是聽了這張專輯，讀了村上春樹如歌般行板的小說文字後，才開始聽爵士的。

更妙的是，原本因為讀書會才認識的女朋友也不聽爵士的，後來因為我的分享，兩人從此Jazz it up，從「音樂的世界」走向「心手相連」的兩人世界。女朋友變成了老婆，而老婆有了小孩，現在他們車上老式的CD播放器還有這張當年定情的專輯，每次小孩在車上哭鬧，放這張專輯，都馬上安靜下來呢。

我一直很感謝朋友和我分享的這下半段故事。那天若沒有喝那杯「往事咖啡」，我很可能不知道，一張爵士專輯竟然可以改變一個人的生命。雖然當年讀書會解散後，我還是沒有找到我的伊帕內瑪女孩，但我無意間以音樂照亮了什麼人，給了他人生命的線索，讓我總是感動莫名。

有人這樣說，「兩個人互相喜歡且相遇的機率，是六十億的平方分之一。」而我卻更相信，愛上爵士，只需要一次相遇。聽懂爵士就是聽懂人生，愛上人生。而真摯且深刻的愛，那是世上唯一不會消失的東西。

爵士不是加了蜜的故事

Solo ——

關於音樂的弔詭是這樣，有時我們覺得只是人生小插曲的間奏旋律，後來都成為溫柔的生命線索。

John Coltrane 的繼女安東妮雅回想記憶中的父親，有次冒著風雪走路趕回家，不為別的，只為給女兒省錢買雙鞋。李希特晚年開演奏會時，習慣把全場的燈都滅了，只剩琴上的一盞小燈照著琴譜，近得和觀眾沒有距離，近得和自己的心沒有距離。

有一次，大提琴泰斗史塔克搭計程車的路上，聽見廣播中傳來如泣如訴的演奏。大師不敢相信，這時代竟然還有人用那樣厚重的情意，把一生獻給了音樂。大師忍不住流下眼淚來，嘆聲說，「可是她這樣演奏，肯定活不長久的啊。」幾年之後，廣播上的那人被診斷出多發性硬化症，手指頭逐漸僵硬。再兩年，她終於宣布退出樂壇。她的名字叫賈桂琳·杜普蕾。短短的十幾年演奏生涯，生如夏花，至今沒有人能夠忘記她的故事。因為她演奏的從來不只是布拉姆斯或艾爾加，她演奏的是生命。

一如爵士不是加了蜜的故事，古典也不是。

顧爾德的一半還是顧爾德

「網紅」的英文是influencer，意指能夠影響他人的人。如今的網紅皆以其美其才迷倒眾生，實行「影響」之能事。

可是這個男人不一樣。他既沒有出色的外表，琴藝也不走正格具有高度華彩的那一型。可是在許多人眼中，他可以說是古典音樂界第一個網紅，第一個以自己的缺點影響了這個世界的人。

這個男人叫顧爾德，一個充滿故事和症狀的傢伙。

慣常我們在路上失神，不小心撞了來路的人，會被白眼一陣，甚至問候以一句：「你有毛病啊？」這時你難免有氣，也不過就是憂鬱的週一早上，還眷戀著前夜溫暖的棉被和好夢，差點和別人親了嘴而已，怎麼就好生發了這麼大一個脾氣，見人就是罵你有沒有毛病啊？

可是這個人不一樣。他真的有病。

據說顧爾德為了錄音，常常把自己關在房間，一關就是好幾個小時，並在任何時候，手掌永遠包裹在厚重的手套裡面，每天更是要服用好幾顆自己調配的藥丸才能安心上工。如果顧爾德活在疫情發燒的年代，居家隔離辦公的生活型態，肯定非常適合他。

可是就連喜歡把自己隔離在人群之外的顧爾德，也有寂寞的時候。

所以我們會在夜深人靜的時候，聽見唱片裡面那些白天因為都市喧囂而掩蓋的細碎聲響。那是顧爾德在喃喃切語，自己唱歌給自己聽。

好幾次失眠的時候，聽顧爾德的《郭德堡變奏曲》，這首原本為巴哈受託寫給伯爵治療失眠的古典樂曲，夜裡反而讓人更加無眠。不是因為不想睡，而是不知怎麼地，聽見顧爾德那幻夢般的囈語，反而覺得好安心。是的，你的心事他都懂。顧爾德巴哈著你的巴哈，也寂寞著你的寂寞。

顧爾德的親朋好友常常會在半夜接到他的電話。凱文・巴札納（Kevin Bazzana）在《驚豔顧爾德》（*Wondrous Strange: The Life and Art of Glenn Gould*）中寫道：「他會在電話中念整篇文章和書籍，唱整曲音樂，有些他的音樂合作人還說他喜歡在電話中排練，把他的鋼琴部分唱出來。接到他的電話，簡直沒辦法脫身。不過要是你在中途睡著了，他可能也不會注意。」

其實說穿了，顧爾德只是需要一個講話的對象。因為寂寞，渴望被理解，卻找不到一個合宜的方式表達自己。

這樣的顧爾德，怪異地幾乎離群索居，卻又溫柔地冀索著真實的碰觸。

這樣的人，如何能是網紅，以其不可思議的力量、躁鬱和強迫症（有些學者會說是亞斯伯格症），影響了二十世紀後半葉的我們？

這真是一個難解的謎。關於這個過於敏感的男人和他的脆弱神經。

許多人堅稱，在沒有聽過他那些詭異的鋼琴自彈自唱前，就已經愛上了他。

在彼時沒有網路的年代，能夠溝通訊息的管道大抵是廣播、電視和報紙。而哥倫比亞唱片公司正利用了這些媒體的力量，打造了一個鋼琴家的非人樣貌。

關於顧爾德的一切，幾乎是以一連串否定來確認最後一個肯定。

他不是一般鋼琴家。

他不愛彈蕭邦，連彈莫札特都極盡諷刺之能事。

他盡量不接受採訪，除非是自己擬的稿。

唯一肯定的是，他只承認一件事：他覺得自己生很多病，包包的罐子裡有眾多色彩斑斕的藥丸。

像是希臘雙面神 Janus 一樣，一面向外展示自己的神力（高超的琴藝），向內的那一面，卻又獨自神傷地舔舐自己的傷口。他的存在，正說明了榮格學說裡，人的二元性（the duality of man）。

「他那脆弱敏感的神經，內心是爆發怎樣浩瀚的宇宙啊？」於是我們不得不驚呼，也不得不問。

一強正有一弱，是敏感脆弱召喚了繁複大美，也是繁複大美，補足了敏感脆弱。

他需要那些症狀，使他能夠以藝術昇華自己近乎災難性的存在。

他的存在，幾乎像是個無法自圓其說的悖論。

他讓我們感到那樣熟悉。因為我們在他的悖論中，看見了自己。

他的琴音，讓我們聽見了時間。或者，說得更神祕些，他為我們停下了時間，在那一秒上，我們不疾不徐，我們理解了軟弱之必要、假裝之必要、賴活之必要、容忍之必要，以及在沉默中等待一點點起碼救贖之必要。

我們迷上了顧爾德，早於他的琴音之前，甚至早於他自身之前。

我們迷上的，其實從來是自己。

Black is Jazz, Jazz Black

一直覺得爵士是很容易被誤解的一種音樂。

很多人會把它和咖啡廳的背景音樂聯想在一起，大概就是一種功能性的，沒什麼個性、幫助紓壓的沙龍音樂。然後有一天他們生活遇上難題，回頭想起爵士是一種可以放鬆的音樂，到唱片行找那些「爵士經典」，結果回家一聽，嚇傻了：那些銅管和爵士鼓又激烈又吵鬧，哪裡像他們在咖啡廳聽到的那種音樂？

回顧一下爵士開始的歷史好了。爵士是庶民發聲的語言，當然有像 Bill Evans 那樣抒情的表達方式，可是爵士更常是黑人抗爭的敘事。日子是那樣地苦難，那樣深邃不可見的黑，如何不用盡全身的力氣來歌唱呢？

關於二十世紀最有影響力的爵士宗師 Miles Davis，一則最知名可能也令人心痛的故事，就發生在錄完《泛泛藍調》不久後。那時 Miles 正從廣播間走出，護送一位白人女性上計程車。那是超熱超濕黏的八月晚上，Miles 不想馬上回去，就站在人行道乘個涼。

然後一個警員走過來，叫 Miles 馬上滾蛋。如果你是美國影集的愛好者，就知道這時通常沒什麼好事發生。美國警察都不好惹，是法律強而有力的代言人，但那也可能意味著濫權與一連串錯誤的開始。

Miles 當然不肯就此甘心被驅離，只是乘涼罷了，礙著什麼人呢？Miles 對警員說，我只是在人行道上透透口氣，瞧，鳥園的海報上還印有我的名字呢。我是這裡的工作人員，我的名字叫 Miles Davis……不等他說完，這名白人警員就狂怒著說：「我不管你在哪兒工作，更不鳥你是誰！現在就滾！Now！」

一陣警棍如暴雷而至。人群傳來驚呼。

「Miles 頭破了！Miles 流血了！Miles 被上手銬了！」他們大叫，但他們除了大叫，什麼也不能做。眼睜睜地看著這個才剛以《泛泛藍調》創下爵士最重要經典的男人，寫下了傳奇，卻也無力地被押上警車。

那部警車後來開得很遠。也許它當時的目的地是紐約警局，但它其實開進了整片歷史的憂傷藍調。

這也就是為什麼在很久的後來，當我在電影《樂來越愛你》中看到決意成為頂尖爵士樂手的男主角 Sebastian，心中只以 Miles Davis 為師時，不禁起身想問他，年輕人啊，你知道成為 Miles Davis 的代價是什麼嗎？你準備好用肉體去迎接生命的所有痛擊了嗎？

到頭來，很多爵士都很黑，而所有很黑的爵士都不約而同發出粗礪的不和諧音。爵士不是加了蜜的故事，不提供大杯星巴克的優雅幻想，那正好是它所負擔不起的。如果你在爵士裡聽到了沉重與啜泣，那僅僅只是因為，你不懂幸福的顏色。

我可笑的情人並不可笑

你喜歡 Chet Baker 的聲音嗎？我不喜歡。至少一開始是這樣。

Chet Baker 能走紅，恐怕連他自己都覺得奇怪。在那個不少黑人覺得爵士是我們與生俱來權利的年代，一個看起來像花花公子的白人小號手，是怎麼擄獲大眾的心，甚至讓許多不聽爵士的人也開始聽爵士呢？

二十五歲那年，太平洋唱片公司幫 Chet Baker 發行了專輯《Chet Baker Sings》，從此造就一個爵士史上不可能的奇蹟。太年輕，太白，又太帥，還會吹小號，這些感覺像是人生勝利組的特質，和傳統爵士有著迥異的質地。如果這不夠誇張，Chet Baker 還曾被《DOWNBEAT》雜誌選為年度最佳小號手，而他擊敗的可不是什麼稀鬆平常的人。他擊敗的是 Miles Davis。

如果說 Miles Davis 像杯焦灼苦澀、後勁濃厚的菸草咖啡，年輕時 Chet Baker 的歌聲簡直像烘烤過的花生醬吐司，還抹上濃濃的蜂蜜。我可以理解他為什麼能走紅，但這不意味著他可以理解自己快速成名的影響。事實上，二十五歲後的 Chet Baker 沉迷於毒品和女人之間，感覺吸食愈多海洛因，他就愈能站在世界的頂端。在煙霧繚繞中，他看見靈光消逝的樣子，卻看不透自己頹廢的身形。

然後在三十七歲那年，一件最重要的事發生了，那是一九六六年間的事。他為了購買毒品而捲入衝突。他失去了他的門牙，他失去了俊美的外表。他失去了年輕時吹奏小號的方式，那種軟濃中帶著很多放蕩的戀人絮語。而這卻是我開始喜歡他的起點。

因為門牙被打落，Chet Baker 勢必得找到一個全新的發聲方式。肉體的有形消逝，得用很多心靈的沃土來重新打磨，才能雕塑出一尊不朽的立像。你一定有看過 Chet Baker 後來的照片吧，那是已經被毒品侵蝕得沒剩多少的輪廓，但憔悴中，他彷彿找到了自己，用直搗你心靈深處的語句，間段地吹奏出破碎與滄桑。那是他整理傷口的嘗試，也是邁向深化的必要路徑。

這些後來的專輯，和年輕的《Chet Baker Sings》並聽，是我在音樂中找到的希望之泉。有時甘美，有時苦澀。它們不必然成就自己的人生，卻補充了我們對生命的認識。

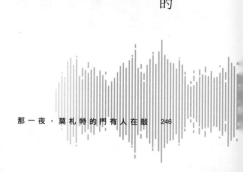

西班牙最後的唐吉訶德

曾經有這樣的一份問卷調查，內容是邀請世界上各類型的作家，選出他們心中最重要的一本書。你知道作家們心中的最大公約數是哪一本嗎？答案是西班牙塞萬提斯的《唐吉訶德》。

年少不懂事，從來不覺得《唐吉訶德》是怎樣了不起的小說。不過就是一個腦袋有個不正常放電區的狂人，和風車進行那無效的抗爭。長大後經歷一些事，才發現那種「雖千萬人吾往矣」的氣魄，實在充滿人性的高貴，也是世間少有的精神典範。

如果說《唐吉訶德》的原型是撻伐壓迫、為自由挺身而戰，那麼回顧近代西班牙的歷史，有沒有這麼一個堪稱「唐吉訶德」化身的人呢？有的，他的名字叫 Pablo Casals。

很多人以為卡薩爾斯的重要性，來自他發現巴哈無伴奏大提琴組曲的琴譜。可是當他們去聽單聲道的錄音版本，卻失望地發現，乾癟的音質，實在讓人不太覺得有何稀奇。他們心中納悶著：卡薩爾斯真的有那麼厲害嗎？稱得上大師中的大師嗎？

卡薩爾斯令人敬仰的地方，絕非發現巴哈琴譜並將之錄下而已，而是他對西班牙佛朗哥獨裁政權的抵制，誓言西班牙一日不恢復民主，就絕對不在佛朗哥政權下的西班牙獻身演奏他的琴藝。

為了遵信他的藝術諾言，卡薩爾斯選擇自我放逐與流亡，最後在靠近西班牙邊境的一個法國小村莊普拉德定居下來。

作為他和好友們音樂理念和藝術關懷的布道場，定期舉行的「普拉德音樂節」是上個世紀重要的文化盛典。卡薩爾斯的曲目更是眾所矚目的焦點，人人心中的百萬問題是：大師今天會演出那一套嗎？

人人都在想，但沒有人敢問。因為那是大師心中永遠的痛，他少年時在故鄉發現了巴哈，也讓自己被世界所發現。巴哈對他而言，就是人生的啟蒙和心靈的原鄉。如果要演出這套震古鑠今的組曲，他心裡唯一首肯的，就是有朝可以回到西班牙，拉給他的同胞聽，也拉給年少的自己聽。

而故鄉是回不去了。鄉愁是永遠吹不散的愁，青春幽冥的火，總在夜裡不斷地燒。而痛苦似乎沒有止境的一天。

一九六二年的美國之行，受甘迺迪之邀，卡薩爾斯在美國白宮留下了一場著名的歷史演出。

在那場演出的最後，卡薩爾斯一如往常，準備演奏那首來自他家鄉加泰隆尼亞的民謠〈白鳥之歌〉。可是這一次很不一樣。每次在播這首的時候，我都會小心翼翼，把音量轉得比平常更低一格或二格。因為就在幾秒之後，系統會爆出很奇怪的聲音。

當年聽到〈白鳥之歌〉的現場演奏，系統傳來的異音，讓我非常緊張，還以為哪裡發生了什麼問題。後來才知道，異音不是異音，那是卡薩爾斯想念家鄉，滿腔難解的鄉愁最後只能化為琴聲寄語，所自然而然流淌出來的聲音。沒錯，你聽到的，正是卡薩爾斯在一邊拉著琴，一邊低迴啜泣。

我想音樂史上，再沒有比這更動人的一瞬了。終生以大提琴為抗爭獨裁暴政的象徵，那樣韌強的父親形象，終究也有那樣向我們展現軟肋的魔術時刻。那感覺就好像當我們還小，午夜夢迴睡不著的時候，突然聽見從父親書房傳來的一首老歌，在桌燈昏黃的氛圍中，你看見了父親是怎樣地一個人陷入自己的青春，在音樂中嘗試和往事告別，向悲傷借支菸，然後燃起一整片寂寞星光。

卡薩爾斯的名言是：「我首先是一個人，第二是音樂家，第三才是大提琴家。」卡薩爾斯感動人心的，是他在音樂澆溶的靈魂絮語，那向我們揭櫫了他如何將人生的磨難，昇華成藝術的奇蹟。是的，從來就不只是「發現巴哈」那麼簡單而已。一個世紀之後的我們，在卡薩爾斯音質欠奉的單聲道唱片裡，找到了作為人的溫柔刻痕。同時藉由這樣那樣的生命觀照與互文，也在音樂聲中找到了自己。

那不是巴哈

有一首很有名的鋼琴曲子，是根據巴哈的清唱劇《BWV 147》所改編而成，它的名字叫「耶穌，世人仰望的喜悅」，我想你一定聽過。

這麼多年來，這首曲子撫慰了多少受傷的靈魂，給了多少人重生的力量。今晚我想告訴你的，是鋼琴家 Myra Hess，也就是這首曲子改編者的小小故事。

二次大戰期間，倫敦被敵軍砲火攻擊得體無完膚，人心惶惶之際，連吃飯都成了問題，哪裡有藝術發展的空間？但食物餵飽的，終究只是血肉。人們貧瘠的靈魂，其實更期待被溫柔地灌溉。

如果能聽到一點音符，什麼都好，哪怕只是〈小星星變奏曲〉這樣簡單樸素的歌。

音樂廳爛了，歌劇院垮了，哪裡還能聽見美妙的音符？

還好有 Myra Hess，還好有畫廊。你說你要吃飯，那我們就在畫廊舉行午間便當音樂會，這樣可以吧？

一開始沒人相信 Myra 的決心。關於類似的慈善音樂會，人們早就聽得太多。要辦一場兩場很容易，難的是堅持下去。

事實證明，他們太小看眼前這位貌不驚人的女子。Myra 設想的，從來就不是一場兩場玩票性質的音樂會。據可考的資料發現，二戰歷時六年半，Myra 舉行了一千六百九十八場午餐音樂會。而她自己就親自演奏其中一百五十場。

無情的戰火在燃燒，音樂之火也不熄滅。Myra 為無數的英國同胞，演奏這首足以洗滌悲倦靈魂的巴哈〈耶穌，世人仰望的喜悅〉。當年凡是聽聞者，無不淚如雨下。

曾經，有位二戰的士兵在火車上一直吹哨。同車的記者問那士兵，「你對巴哈的作品怎麼有那樣濃厚的興趣？」那士兵聽了渾然不解，岔然對記者回了這麼一句：「可是那不是巴哈啊。那是 Myra Hess。」

世人仰望的李帕第

羅馬尼亞鋼琴家李帕第的身體一直沒有很好，這使得他一直沒有辦法好好接受正式教育。後來因緣際會，大師柯爾托收他為徒，孟許教他指揮，杜卡斯教他作曲，他們和李帕第的師徒關係卻不長久，因為他們發現李帕第是無法被教導的。

李帕第，大師們這麼覺得，他的內在有股非常堅定的力量，你只能讓它順勢而為，任其自由發展，所有人為的訓練都不會讓他變得更好。

我永遠忘不了生平第一次聽見李帕第的《蕭邦圓舞曲》，內心是獲得多麼大的平靜。聽起來是不可能發生的事，特別是蕭邦本來就應該帶給人憂傷和詩意的聯想，可是李帕第的琴音是那樣聖潔，縱使單聲道錄音成效不佳，仍然力透紙背，滿滿的人性光輝幾乎就要破框而出。

臨別的獨奏會在法國貝桑松舉行，那時李帕第早就走不動了，得靠強大的藥物才能上台。然後這位始終看來蒼白虛弱的巨人上台，用他一雙「小指和無名指齊長」的手，發出令人無法逼視的顫音。

空氣凝結了，所有人忍住了啜泣。因為他們打從心裡知道，他們正在和一位偉大的鋼琴苦行僧創造歷史，而在那之後，世間再難聽聞同等聲量的愛和救贖。

辭世那一年，他才三十三歲，已然用盡一生的力量，去完成許多同輩鋼琴家漫長人生永遠也無法想像的事。

後來的李希特

李希特從七〇年代開始，就有忘譜的情形，加上他長期使用YAMAHA，而不用史坦威，導致他許多現場錄音缺乏像霍洛維茲珠玉圓潤的音色。後來更因為憂鬱症纏身，李希特的鋼琴和身體分了家，那些現場音樂會錄音初聽時，常有一種不該如此的感受。

李希特在一些熱門的鋼琴協奏曲上，既不豪邁，也少了柔情。可是他的舒曼或舒伯特鋼琴小品，卻常常有一種星光迸發，好像午夜的夢初醒，發現自己原來還在銀河的邊界飄浮著。而黑洞就快要把塵世的所有善良吸走的剎那間，他輕聲一彈，萬物歸源，宇宙重新有了次序。

摩西的權杖分紅海，李希特則讓裂縫重新接合，那些不合理的、晦澀的、混沌的、在險峰上跳鋼索的，突然也變得可以原諒了。

彷彿有罪都可以被赦免一樣。

醒來也就願意成為一個好人了。

被遺忘的時光

義大利鋼琴怪傑米開蘭傑里過世的那一年，是一九九五年。

這幾乎是標誌性的一年。因為就在整整十年前，一九八五年的古典樂壇，俄派大將吉利爾斯走了。接著是一九八九年，被稱為「浪漫派的最後傳人」霍洛維茲也回到天國了。再過兩年，以哲思和激情並稱的智利鋼琴家阿勞在一九九一年也揮別人間，既不是輕悄地走來，走時也留下滿地的哀傷和追思。

還能有比這更悲痛的事嗎？短短十年內，世間折損了當代最優秀心靈和技藝（記憶）的傳承。

一九九五年那年還發生了什麼事？一位叫藤子海敏（Fujiko Hemming）的鋼琴

家，歷經了一輩子的漂泊和離散的歲月，終於回到了日本。那年她六十三歲，世人對她的記憶，早就淹沒在滾滾紅塵中。

沒有人知道這個老婦人的來歷。「一個居陋巷，教琴為生的怪婆婆吧。」他們心想。也就沒有人知道，這個他們眼中毫不起眼的怪婆婆，小學三年級就在廣播節目Live演奏，十七歲高中時就開了生平第一場演奏會，一九五三年就讀藝術大學，更榮獲多項音樂大獎。

然後，命運來敲門。原本前程似錦的藤子海敏，在好不容易受到指揮家馬代爾納（Bruno Maderna）賞識，準備簽下音樂合約時，僅僅因為沒錢開暖氣，漫漫長冬，留滯歐洲的藤子海敏無以為繼，就這樣染上了感冒，導致左耳聽力喪失。而右耳的聽力呢，早在她十六歲時就因為中耳炎而逝。

兩耳失聰的鋼琴家還能叫鋼琴家嗎？

如果此刻從她的指尖還能有音樂傳來，我們該稱那樣的音符叫什麼？

奇蹟。

但奇蹟並沒有降臨在藤子海敏身上。事實上，從一九七一年兩耳失聰的那一刻開始，縱然她一如往昔，堅持著每日的鋼琴功課作業，她也不過是餬口飯吃罷了。

很顯然地，所有人已經忘記了她。要不是她還記得很久很久以前，曾經這個那個從觀眾席間傳來的微笑和善意，也許連她自己都要發狂，也許連她自己都要忘記自己的名字。

一九九五年，當米開蘭傑里告別人世，人們回眸這十年間，古典樂壇的大師是如何一一羽化離開，而哀慟不已。然而，也就是在這一年，沒有人記得的藤子海敏回到了日本，持續著那樣被默默遺忘的生命。

又過了兩年，李希特走了。一九九七正是世界動盪不安的年代，香港的回歸問題成為世界的焦點。然而藤子海敏不僅像是被世人遺忘一般，她自己似乎也被時間遺忘。她的存在似乎和時間毫無關係，彷彿她有自己的時間，自己的道理，在另一個平行世界裡，她仍然是那個初登場的少女藤子海敏。

當所有同輩的大師都離開了，她還頑強地活了下來。再過兩年，當這世間都還沉浸在最後一個古典大師李希特的殞落，而不願看見現存的中生代鋼琴家中，還有哪個人夠資格傳承衣缽時，這年正好是一九九九年。面對千禧年的來臨，人心的寂寞和不安，到達了極限。

然後，命運再度來敲門。就是在這一年，日本NHK電台發現了藤子海敏這個蒙塵三十多年的名字。他們大幅報導她的故事，請唱片公司為她錄製了第一張專輯。一夕之間，藤子海敏的名字傳遍整個日本及世界各地，專輯接連獲得日本金唱片大獎、年度最佳古典專輯等殊榮，到了二〇一二年，銷售張數已超過兩百萬。

藤子海敏的演奏藝術是怎樣呢？身旁很多朋友都不喜歡，覺得她不過是沒哏的世界裡，硬要編織的新聞。更有人覺得她的琴藝普普，守舊的情懷，在眾聲喧譁的當代脈絡下來看，簡直是不合時宜的產物。

真的是這樣嗎？藤子海敏這個怪婆婆，只是沒哏中的花邊新聞而已嗎？她的琴藝真的那樣殘破不堪嗎？

我無法對他人的看法負責，我只是想要分享我的感受。當我第一次聽到她的錄音演奏時，我就跌入了一個時光的密林小道，並且深深地喜愛。

也許這是一九九九年人們聽到的，也所渴望聽到的吧：一種時代感的重新出土。沒錯，藤子海敏標誌的，的確是一個舊時代的遺緒。她沒有霍洛維茲的細微靈巧，更沒有米開蘭傑里的德布西式光影流動，就連她最擅長的李斯特，和一樣以演奏李斯特聞名的阿勞相比，也少了哲學的沉思。

但正因為那是人心浮動、兵荒馬亂的年代，如此守舊的演奏，自有一種抒情性的淡雅風格。那給人一種安心的座標，好像在說，不怕不怕，我每日用這樣的鋼琴功課作為心靈鍛鍊，也沉穩自在地過了三十年，今後我還要這樣過下去，我還要這樣守舊地彈下去呢。

不知怎麼地，雖然一九九九年後的藤子海敏唱片都是數位立體錄音，聽她的演奏，卻常給我有種單聲道大師的藝術氣息，好比李帕第，好比哈絲姬兒，是懇切真摯的，也是溫柔自省的。

如今藤子海敏九十歲了，正以前所未有的姿態，改寫古典樂的歷史。曾經被時間遺忘的她，如今證明時間的真正公平。是的，人終有一死，而不甘寂寞、默默耕耘的人，終究能在時間的巨影之前，昂然地揮出人生的最佳下半場。

防空洞裡的鋼琴家

喜歡鄧泰山的蕭邦，幾乎就像是天生的ＤＮＡ找到了歸宿。還記得當年鄧泰山彈蕭邦的時候，嚇壞了一票只以歐陸為正宗的品味人士。他們大喊，這怎麼可以，亞洲面孔來彈蕭邦，充其量只有浪漫的異國想像，怎麼可能彈出蕭邦音樂的精髓？

他們不知道的是，這個來自戰亂時代越南的窮小子，骨子裡流動的詩情和骨血，和蕭邦當年流亡異鄉的愁緒情懷，並沒有相去多少。我最喜歡關於鄧泰山的一則小事，同時也可能是流傳得最廣的，就是年少的他並沒有屬於自己的琴。

鄧泰山七歲學琴，家中兄弟姊妹都學琴，母親是他們的老師。因為年紀最小，能摸到琴的時間也最少。好不容易有琴可練的時候，卻又得花上大半時間，把老鼠從躲在防空洞的鋼琴中趕出來。

身材瘦小的鄧泰山，吃不好穿不好，常常因為想練琴想得難過，只好手指看似漫無章法地亂抓一通，在空中彈出屬於自己靈魂的樂章。

那該是多麼偉大而攝人心魂的景象？

這一個來自河內的年輕鋼琴家，什麼都沒有，但他心中有真實流動的樂符和歌聲。雖然沒有鋼琴彈不出來，但大音希聲。周邊的砲火不斷猛烈無情地落下，而他無所畏懼，因為他真正地自由了：他要用沒有聲音的鋼琴，抵擋整部國家民族的機器戰響。

我有次遇見一個國內名聲卓譽的鋼琴家，她說她不喜歡聽別人的錄音，不是怕自己比他們差。她並沒有所謂大師一定比較好的迷思。她只是不想被影響，她要把和這一首曲子的第一次相遇，不受破壞地在時光之中，慢慢發酵。

有天她在某個音樂廳場合，聽見了某首她近日要表演的曲子錄音，下意識就想關上耳朵。可是她發現，她愈是想要擺脫空氣中的樂章，她聽得愈是入迷。良久，她完全被吸引住了，直至樂曲完結，她渾然未覺，遲了幾秒，才在心中爆出一聲驚嘆。誰能把蕭邦彈得如此詩情而不濫情，有英雄的胸襟而不見一絲浮濫，霍洛維茲？富蘭索瓦？魯賓斯坦？李帕第？柯爾托？

然後廣播這時才悠悠地傳來，響徹整座空蕩的大廳，裡頭是這麼說的：

「鄧泰山，馬祖卡舞曲。」

而馬祖卡，你知道，是所有蕭邦曲目中，最具有作曲家靈魂的象徵。

緞帶淑女

一九五八年，長期深陷酒精與藥物折磨的偉大爵士女歌手 Billie Holiday 至此聲音已經近乎報廢狀態。與三〇年代時充滿自信、樂觀的清亮歌聲相比，專輯名稱《緞帶淑女》（*Lady in Satin*）似乎只剩空指化的譬喻，沒有緞帶的彩妝，沒有絲綢的柔順，取而代之的，卻是不和諧的粗礪嗓音與歷經風霜的聲線。我們聽到的，是將不久於人世（精確地說，不到十七個月）歌者的天鵝之歌。

這是 Billie Holiday 的最後奇蹟。聲音報廢已近難以入耳，穿越時空，半個世紀後，卻依然擁有如斯撫慰人心的力量。想了好久，「撫慰」正是我想要形容她歌聲的精確感覺。Billie Holiday 晚景淒涼，只短暫活過四十四個年頭的她，逝世時身邊僅剩下美金七毛五，其時紐約大都會醫院門外尚有警力看守，只因她被控非法持有毒品。

人類的精神超拔卓越，偉大靈魂遭受環境試探，愈是不可讓渡，人性尊嚴愈是灼灼發光。像女低音費莉兒（Kathleen Ferrier）在灌錄馬勒《大地之歌》的〈告別〉一曲，自知將因癌症不久於人世，唱來感人至深；像李帕第在法國貝桑松的最後鋼琴獨奏會，要靠著強大的藥物控制，才能彈完我們最熟悉不過的巴哈、莫札特、蕭邦名曲。這是多麼強大的性靈力量？

飽受風霜，Billie Holiday 盡洗塵世鉛華，揮別舊日的稚嫩甜音，將肉體的苦痛，昇華成一種「語言難以表達，美聲無法載受，詩意不能雕琢」的靈魂發音。因此歌聲蒼老、音色尖澀，聆聽系統愈傳真，形體感愈大愈難聽，愈不能讓發燒友滿意。難聽到什麼程度？連本輯編曲家 Ray Ellis 錄完都非常不滿意。

「唉，Holiday 的傳奇美聲已不復聞！」

但那是錄完音當下的事。幾個禮拜後，Ellis 重聽最後錄音完整版，卻被 Billie Holiday 所感動。Ellis 這才坦承說，先前他僅以褊狹的「音樂」觀點凝聽 Billie 的聲音，沒有發現樂曲中那感人至深的「情緒」張力（I was just listening musically instead of emotionally）。

在最激烈處與最精微處，Billie Holiday 以她對生命的透徹體悟，唱出不可能的樂音。是的，有限的嗓子已沒辦法完美呈現靈魂的樣態，在最終的黑幕降臨前，你我所能做的，就是大聲歡唱。

· Outro ·

那夜，音樂的門有人在敲

任誰在平凡的日子之中，都有一段被音樂拯救的時刻。

曾經有這麼一個男孩，他一開始只是想打球，一不小心就成為全國網球錦標賽的冠軍。父母親以為他運動神經這麼發達，注定要出國比賽，為國爭光，所以把他送進運動營，藉以鍛鍊他的身體和意志。運動營的日子不簡單，男孩每天都要聽音樂才能入眠。後來沒東西可以聽了，有人給了他一張毫不起眼的錄音帶，從此改變他的一生。

說真的，那張錄音帶音質並不好，演奏年代也相當久遠了，照理來說，無法讓一個志在強身健體的年輕男孩感到特別興奮。但那琴音卻有不可思議的穿透力，在回播的當下，觸發了他內心最柔軟的地方。

那張卡帶是海飛茲的演奏。而那位男孩的名字，叫做約夏・貝爾（Joshua Bell）。

在當今流傳這麼多關於約夏・貝爾的故事中，真的，我最喜歡的就是這個。不是那個在地鐵站用一把價值三百五十萬美元的史特拉底瓦里名小提琴演奏給一千零九十七位行人，結果只有七個人駐足聆聽的社會實驗。也不是那個比電影《紅色小提琴》更驚奇的故事，導演是因為先愛上約夏的演奏，才找來在茱莉亞學院任教的作曲家約翰・柯利吉亞諾（John Corigliano）譜曲，更不是因為高顏質而有「古典界湯姆・克魯斯」稱號，或被美國《People》雜誌選為全球最性感的五十人之一……

這些關於約夏・貝爾的軼聞，儘管再怎麼不可思議，都比不上這張老舊卡帶給我的感動。

關於和音樂相遇的瞬間，那始終是個難解的謎。那是一股電流通過全身；是一道陽光從教堂的彩繪玻璃灑下；是夜鶯在山谷晝夜不捨地等待；是寂靜無生氣的凍土底下，藏著一顆〈The Rose〉的種子；是布拉姆斯看見克拉拉，人生的每一首曲子，從此成為無法真正寄出的情書；是 Bill Evans 彷彿預知前鋒村現場幾天之後，他就會永遠失去 Scott LaFaro。

是這樣那樣地在琴聲之中，澆鑄他的靈魂模子，原來注定要成為一種人，卻奇蹟式地被音樂引渡，而後踏上完全迴異的路。

少年約夏和卡帶中的海飛茲相遇，不正說明我們都共有的這份神祕經驗？哪怕是好久以前的錄音了，音樂在約夏的心中，仍能激起昂烈的情思和波濤。

那樣的光景，總讓我想起電影《刺激 1995》中，安迪播放一段莫札特《費加洛婚禮》詠嘆調。在那當下，好像不過就是一段迷人的旋律罷了，什麼也改變不了，沒有人可以因此飛離杜鵑窩，可是看看他們的臉吧，你卻又千真萬確地知道，有什麼正悄悄地被改變了。

一顆小小的種子在約夏的心中萌發，從那時候開始，他便決心成為一位和海飛茲同樣出色的音樂家。

經年累月的練習，少年小提琴家成為國際知名的樂壇新星，十四歲就和美國費城愛樂與指揮家慕提（Riccardo Muti）共同演出。其後邀約不斷，錄音無數，也曾和梅莉·史翠普攜手演出知名電影《心靈真愛》（*Music of the Heart*）。就在該部電影中，約夏得以和大師史坦（Isaac Stern）、帕爾曼（Itzhak Perlman）一起同台飆技巴哈《雙小提琴協奏曲》，老中青三代，自此確立他能和大師比肩共遊的不凡地位。

但約夏並不自滿，比起海飛茲或史坦或帕爾曼，約夏更深植人心的，始終是他那招牌的、靦腆的大男孩笑容。這意思是說，約夏的魔力在於，他讓人們得以更親切地接近古典樂。不論是耳熟能詳的《四季》協奏曲，或較為內斂深情的拉威爾奏鳴曲，都能演奏出音樂最動人的一面。

「舊時王謝堂前燕，飛入尋常百姓家。」原本讓大眾視為畏途、不可能喜歡的古典樂，透過約夏融化人心的演奏，古典樂再也不是菁英或階級化的符號，而是一種真實可感知的生命印記。

「出走半生，歸來仍是少年。」約夏．貝爾的琴音，永遠那樣地溫暖真摯，飽滿對人性的理解與善意。就好像那個難忘的海飛茲卡帶之夜，他用一生的琴深意切，透過無數次錄音和現場演出告訴你，當初那個徬徨少年是怎樣讓音樂撩撥了心弦。

代後記——

夢幻曲

你可能不相信，偉大的女演員茱蒂・丹契已經近九十歲了，她說，我每天最怕的事，就是沒有工作。縱然眼蒼目茫，她仍然堅持用心地背下所有台詞，只因台詞是神聖的，電影有了聲音就有了光。彷彿光是發聲指認每一件事物，都能賦予世界一個全新的意義和景深。

我為什麼要說這件事？因為我又想起了霍洛維茲。他們都是能力無窮，卻對自己沒有信心的人。

如果你聽過霍洛維茲演奏舒曼《兒時情景》裡最知名的〈夢幻曲〉，就會相信世間的苦難都是真的，而救贖也是真的。因為世間怎麼可能容得下這樣珍稀易碎的寶鑽，讓它獨自在夜裡發光，卻不帶給人們任何的啟示或發現呢？

這多年來，只要有新朋友想聽古典樂，鋼琴方面我總是偏好霍洛維茲勝於魯賓斯坦。魯賓斯坦太浪漫了，你知道他會在奏鳴曲的某小節開始忘譜，然後兜了一圈兜不回來，最後即興的全新段落，反而讓不知情的觀眾爆出熱烈的掌聲。他的樂句裡沒有示弱也不抵抗，隨心所欲，讓自己活得更像一位鋼琴國王，而非鋼琴詩人。

可是我偏生喜歡那些敏感纖細的神經。

那些易碎的脆弱，常常讓我的心跳漏了一拍。

漫長的音樂生涯中，霍洛維茲隱退好幾次。不是手指受傷，也不是家庭因素，而是心中那句「我這麼差勁，他們怎麼可能要我」的惶惑，總如魅影一般驅之不去。重返卡內基的前晚，他甚至想取消演出，神傷不已。

髮妻只好偷偷地每隔幾小時就到卡內基門口查看。一開始只有幾個人，後來夜冷，排隊的人卻開始多了起來。等到隔天早上，整個門口已經擠得水洩不通，連站票都是一位難求了。

這樣偉大的鋼琴家，竟然對自己無甚信心，凡夫如我輩者，真不知做如何處。可是正因為這些憂傷的懷疑、自我的試探，反而讓他的琴聲多了一分難以取代、打從骨子裡就長出來的人性洞察和溫暖。

我聽魯賓斯坦總是覺得很魯賓斯坦，那是沙龍裡甜美春情的一段呢喃。可是霍洛維茲卻具有八十八種音色，彈史卡拉第明亮無比，蕭邦有種雅緻和思考，貝多芬有時沉穩大器有時很遠，舒曼則是令人絕對地心碎。

彷若分靈體般，霍洛維茲在每個作曲家身上投射了碎裂的自己，形成如此不同的位移與音色。每一個都是他，每一個也不是他。他是疑懼自我的贗品（imposter），可是如同電影《寂寞拍賣師》說的：「每個名畫贗品，都藏有真實的一面，那是仿造者刻意留下的痕跡，想證明另一個獨一無二自己的存在。」

到後來，喜歡霍洛維茲也成了某種書寫的自我指涉。身為瓦力的「這個我」，在鬼故事裡為他人虛構不存在的身世，會不會其實也是想證明自己獨一無二的存在？我寫他們，但其實我又不是在寫他們。我在寫自己。一個無可取代的自己。

這是我的霍洛維茲。我的音樂。

謝謝你們聽懂了這樣的旋律。也許它並不優美，卻絕非贗品。

推薦・慢板——

你準備好用肉體去迎接生命的痛擊了嗎？

◎鴻鴻（詩人・導演）

據說學習音樂用的是左腦，但感受音樂用的是右腦。有了左腦，我們才能創造音樂。但有了右腦，我們才會想要創造音樂，以及分享音樂。

但是生活中我們總是左右腦並用。喜愛一首音樂，就會想要去理解相關的一切：作曲家背景、曲式結構、來源、詮釋版本……。但是，當一首音樂進入茫茫人海，它所引發的效應，卻是無法預期的。作曲家試圖把世界容納進一首小小的音樂當中，但每首音樂的誕生，又持續改變著世界。

我尊敬那些用左腦表達右腦，用語言文字表達音樂感受的人。他們幫助我們拓展視野，對音樂產生更強烈的好奇與思索。瓦力的文字，就像村上春樹、陳輝龍的小說和散文，將他們喜愛的音樂放進故事當中，讓音樂的氣味激盪開來。

在瓦力的世界裡，音樂是一把鑰匙，帶我們進入許多人的內心祕境，窺探他們或許自己也不明瞭的渴望與失落。我們遭遇了想要跨進國家音樂廳的計程車運將、喜歡去唱片行藏唱片的夫婦、利用古典音樂卡帶傳情的阿兵哥、任客人免費把音響搬回家的老闆、颱風夜相遇的公車司機和電梯小姐……這些平凡無比的人物，都在音樂飄移的象限內，各自抓住各自的稻草。我最喜歡那個李強尼的故事，室友為了他想追的鋼琴家女友，使勁幫他惡補音樂，卻激發了兩人間似有若無的同志情愫，然後在多年之後的一次空中廣播，才得到解答。

瓦力透過這些虛虛實實的情節，彷彿在說一個大寓言：音樂的蝴蝶效應，輕若鴻毛卻能翻轉乾坤，匪夷所思而又無遠弗屆。這些故事，無一不是音樂的「身外之物」，無關乎作曲家背景、曲式結構、來源、詮釋版本，卻深深紮進生活當中，為讀者鑿壁引光。

「原來注定要成為一種人，卻奇蹟式地被音樂引渡，而後踏上完全迥異的路。」這句話雖是講小提琴家約夏．貝爾少年時與唱片中的海菲茲相遇的神祕經驗，卻也是在講書中提到的每一個人。讀瓦力的文章，也像溜進生活的縫隙，遇見遺忘的自己。

我不想問故事是怎麼來的，就像你不會問蒲松齡，聊齋的故事是真是假。當然有好些真人實事，斑斑可考，如顧爾德的夜半電話、邁爾士．戴維斯的血染街頭；但有更多像是都市傳說，透過瓦力唱片行——就像保羅．奧斯特和王穎《煙》當中的那所街談巷議的雪茄店——傳送出來。老闆每放上一張唱片，不管是古典或爵士、或是一首翻唱的流行歌，你就可以準備進入時光隧道的一段悠悠人生。

就像一面聽音樂一面工作，不知什麼時候才發現，其實工作早就停了下來，只是一逕沉浸在向下流淌的音樂中。或者像走進唱片行，一面翻找，一面想像那些唱片播放出來的音樂，不知不覺花了比平常聆聽音樂更長的時間。

音樂讓人專心。音樂也讓人分心。音樂是每個人的九又四分之三月台，通往另一個充滿魔法的世界。當你找不到那個月台時，就會需要像瓦力的文章那樣的指標。

我不認識瓦力，卻是他網路上的長期讀者。讀到這本《那一夜，莫札特的門有人在敲》時，幾乎每一篇都想按讚，卻找不到地方按，很不習慣。才想起，那些文章我多半在他臉書讀過，其實也都按過讚了。

我喜歡瓦力的文字舉重若輕，就如他往往意在言外的結尾，留了很多空間讓讀者對號入座。比如這段文字，說的又豈僅是鋼琴家李希特？

摩西的權杖分紅海，李希特則讓裂縫重新接合，那些不合理的、晦澀的、混沌的、在險峰上跳鋼索的，突然也變得可以原諒了。

彷彿有罪都可以被赦免一樣。

醒來也就願意成為一個好人了。

這樣的文字彷彿一雙手，輕輕按著讀者的肩頭，以像是出自我們內在的聲音，說道：當我們從音樂中醒來，可以變得更勇敢、更誠實——你願意嗎？如果用瓦力式的明知故問，就是：「你準備好用肉體去迎接生命的痛擊了嗎？」

——我準備好了。我願意。

推薦．慢板——

愛在移山倒海間

◎焦元溥（作家．倫敦國王學院音樂學博士）

有人問我，訪過上百位音樂家，一定聽了不少故事吧！有沒有哪個是你印象最深的？

論及「印象深」，那實在太多。但如果是「最常分享」，或許，會是以下這個：

很久以前——其實，也沒有那麼久——有個警察，在台北的基層警察。在那經濟條件並不寬裕的時代，和多數警察一樣，他唯一的正式服裝，就是執勤的制服。有次他要參加親戚婚禮。太太湊出一筆錢，要他到天母跳蚤市場買西裝。「一勞永逸！這樣你就不必永遠穿制服了！」

萬萬沒想到，還沒看到西裝，半路卻殺出程咬金。

那是一架轉著黑膠的唱機，放著他從來沒聽過，人稱「古典音樂」的曲子。

雖然沒聽過，他聽著聽著就入了迷，迷到忘了婚禮、忘了西裝，怔然中倒是把唱機與唱片抱了回家。

想當然耳，免不了太座一陣嘀咕，但有這麼好的音樂，嘀咕又算得了什麼！他天天聽、夜夜聽，拉著太太孩子一起聽，最後心生一願：「哎呀，這音樂這麼好，我的孩子都該學習才是啊！」

「別傻了！」太太覺得這是哪來的夢話。古典音樂？「我們家怎麼有錢學呢？」

誰知道先生真的鐵了心，省吃儉用、分期付款也要買鋼琴，還在住家附近張貼廣告，「晚餐抵學費」，替子女找老師。家裡仍然沒錢，古典音樂卻是不能少的食糧。他買最便宜的門票，帶著兩個孩子，盡可能去所有能聽到的演出。

這位警察先生可能從未想過，他的女兒在臺灣完成大學學業後，到了美國就像放入布袋裡的錐子，一下子發光發熱，音樂會一場接一場，連比賽都不必去，就一路彈到今天。她不只自己開音樂會，也幫別人開音樂會，掌理全世界最大的室內樂組織。或許你認出她是誰了——是的，她就是林肯中心室內樂集的藝術總監，鋼琴家吳菡。

這個近在眼前的神奇故事，也是我收在拙著《遊藝黑白》的訪問。我之所以最常分享，倒不是因為它神奇，而是吳菡老師之後說的那段話：

> 有次爸爸來紐約看我，那時他正在聽《魔笛》，就問是否有演出。剛好大都會歌劇院有演，我就買了包廂的票和他一起去。[…]我在休息時間和他解釋劇情，才講到男主角塔米諾的畫像詠嘆調，我爸突然說：「不用解釋了。這段我有我自己的故事。我愛的是莫札特的音樂，好美好美的音樂；至於劇情是什麼，其實不重要。」我聽了愣在那裡——是啊，他愛的是音樂，不是劇情。這份愛是那麼純粹、那麼強大，大到讓他奉獻一生，讓他克服所有困苦，也要讓兩個孩子學習音樂。

提到音樂，不知為何，最常聽到的發語詞，就是「我不懂音樂，但是我覺得……」。因為大家覺得自己「不懂」，所以無論樂種，古典、爵士、民俗，甚至流行、搖滾、當代，市面上滿是各種教你欣賞的講座與課程。願意學習，當然是好事。畢竟這樣的課，我自己也開了幾個。大家愈不懂，就愈可能成為我的衣食父母，難道還能不好？

只是在「我不懂音樂，但是我覺得……」這句話裡，我更看重的，永遠是「但是我覺得……」。知識可以增進理解，促進思考，甚至培養品味，然而真正關鍵的，始終是你自己的感受，我也始終好奇別人的想法。一首曲子寫於何時何地，我們或可找到正確答案，但聆聽感受，從來是你自己說了算。這不是說藝術沒有客觀標準，或客觀標準不重要，而是無論學習了多少，到頭來真正支持你持續浸淫其中、泅泳前行的，必然是在理性之外，無以名之的喜愛。那份愛可以移動山，可以顛倒海，可以造就林肯中心室內樂集藝術總監，也可以透過錄音，感動撼動世世代代，能與音樂共鳴的人。

和吳菡的父親一樣，瓦力是純粹的愛樂者，也是能本著真實感受，為音樂說故事的人。《那一夜，莫札特的門有人在敲》滿溢五彩繽紛的想像、各式各樣的故事，而在想像與故事背後，是他純粹且強大，對音樂的喜愛。你甚至可以聽到作者的呼喚：「哎呀，這音樂這麼好，我的朋友都該來聽才是啊！」如果讀著讀著就入了迷，希望你也找出唱機與唱片，或任何可能的載體與工具，聆賞瓦力提到的人與作品。相信我，那會是你所做過，最好的投資。

而你花的，還遠不到一套西裝的錢呢。

國家圖書館預行編目資料

那一夜，莫札特的門有人在敲/瓦力著. -- 初版. -- 臺北市 ： 寶瓶文化事業股份有限公司, 2023.03
面 ； 公分. -- (Island ; 324)
ISBN 978-986-406-343-7(平裝)

863.57　　112001496

Island 324

那一夜，莫札特的門有人在敲

作者／瓦力
企劃編輯／林婕伃

發行人／張寶琴
社長兼總編輯／朱亞君
副總編輯／張純玲
資深編輯／丁慧瑋
美術主編／林慧雯
校對／林婕伃・劉素芬・呂佳真・瓦力
營銷部主任／林歆婕　業務專員／林裕翔　企劃專員／李祉萱
財務／莊玉萍
出版者／寶瓶文化事業股份有限公司
地址／台北市110信義區基隆路一段180號8樓
電話／(02)27494988　傳真／(02)27495072
郵政劃撥／19446403　寶瓶文化事業股份有限公司
印刷廠／世和印製企業有限公司
總經銷／大和書報圖書股份有限公司　電話／(02)89902588
地址／新北市新莊區五工五路2號　傳真／(02)22997900
E-mail／aquarius@udngroup.com

法律顧問／理律法律事務所陳長文律師、蔣大中律師
如有破損或裝訂錯誤，請寄回本公司更換
著作完成日期／二〇二二年
初版一刷日期／二〇二三年三月十日
初版四刷日期／二〇二三年三月二十四日
ISBN／978-986-406-343-7
定價／三六〇元

AQUARIUS 寶瓶 文化事業

愛書人卡

感謝您熱心的為我們填寫，
對您的意見，我們會認真的加以參考，
希望寶瓶文化推出的每一本書，都能得到您的肯定與永遠的支持。

系列：Island 324　書名：那一夜，莫札特的門有人在敲

1. 姓名：________________　性別：□男　□女

2. 生日：_____年_____月_____日

3. 教育程度：□大學以上　□大學　□專科　□高中、高職　□高中職以下

4. 職業：______________

5. 聯絡地址：____

   聯絡電話：________________　手機：________________

6. E-mail信箱：______________________________

   □同意　□不同意　免費獲得寶瓶文化叢書訊息

7. 購買日期：_____ 年 _____ 月 _____日

8. 您得知本書的管道：□報紙／雜誌　□電視／電台　□親友介紹　□逛書店　□網路

   □傳單／海報　□廣告　□瓶中書電子報　□其他

9. 您在哪裡買到本書：□書店，店名____________　□劃撥　□現場活動　□贈書

   □網路購書，網站名稱：______________　□其他____________

10. 對本書的建議：（請填代號　1. 滿意　2. 尚可　3. 再改進，請提供意見）

    內容：________________________

    封面：________________________

    編排：________________________

    其他：________________________

    綜合意見：____

11. 希望我們未來出版哪一類的書籍：______________________________

讓文字與書寫的聲音大鳴大放

寶瓶文化事業股份有限公司

（請沿此虛線剪下）

廣　告　回　函		
北區郵政管理局登記		
證北台字15345號		
免貼郵票		

寶瓶文化事業股份有限公司　收

110台北市信義區基隆路一段180號8樓

8F,180 KEELUNG RD.,SEC.1,

TAIPEI.(110)TAIWAN R.O.C.

（請沿虛線對折後寄回，或傳真至02-27495072。謝謝）